不在場證明

李桐豪

TRAVEL
AS AN ALIBI

目次

輯三、愛的偽證

自序
在薩爾達曠野中散步

本土病例案一二六九號發燒、喪失味覺，通報確診的第三十六天，男孩將在一個幽暗的洞穴裡醒來。

男孩半裸，手長腳長，瘦得像一隻小猴子。他東張西望，輕易地躍過擋道的巨岩，敏捷地在狹小甬道爬行著，霎時間，眼前一陣明亮，洞穴外傾盆而下的陽光太刺眼，男孩只得抬起手臂去遮擋。或者應該說你命令男孩抬手去擋，男孩的身體、性命都是你的，你要他往東，他不往西，你要他跳崖，他頭也不回，向前縱身一躍，一切皆在你的掌握中。男孩緩步走出洞外，站在高崗上，眼前山川壯麗，你透過男孩清澈的目光看見遠方的神廟與冉冉冒著煙霧的火山，草原一角有文字浮出：「薩爾達傳說：曠野之息」。

三級警戒期間，你鬼迷心竅地濫買了許多東西，譬如龜背芋、譬如關孫六菜刀、又譬如SWITCH。電玩苦手入手任天堂，乃你妄想居家上班，若能擁有一套《健身環大冒險》，即便足不出戶，亦能養成運動良好習慣。然而網路購物樂趣往往始於蝦皮比價、下單付款，終止於收貨開箱那一刻，一切的快樂皆來自想像，一切都是你的自以為是。你以為遊戲主機插上電源，把自己登入遊戲裡，和靈環一起冒險，日日消耗個八、九百卡洛里，便可把自己鍛鍊得固若金湯，但是醒醒吧，你從來就沒有你以為的那樣勤勞。把玩一陣子之後，膩了，懶了，健身環將落得那些健腹滾輪、瑜伽墊一樣的下場，被遺忘在床底，變成塵蟎的記憶。

但你也沒你以為那樣廢才，疫情三級降二級，當世人皆可外出用餐、看戲、看電影，你仍在薩爾達的曠野中散步。

除了《健身環大冒險》，你也跟同事拗了一套《薩爾達傳說：曠野之息》來玩，「你都買了SWITCH，就一定要玩這個啊。吶，它可是玩家滿分評價最多的遊戲噢，不只好玩，它的美術更是驚人，遊戲中海拉魯王國的視覺效果呈現可是將十八、十九世紀歐洲浪漫主義的繪畫美學發揮到淋漓盡致啊。」推你入坑的高人如此指點著，他說遊戲海報上男孩站在高崗上，面向群山壯闊，那和諧的構圖乃向德國浪漫主義畫家弗里德里希（Caspar David Friedrich）〈霧海上的旅人〉（Der Wanderer über dem Nebelmeer）致敬。

〈霧海上的旅人〉附和了當時歐陸壯遊（Grand Tour）風氣，大不列顛的貴族青年們越過英吉利海峽抵達巴黎，學法語、學舞蹈、學劍術，隨之翻越阿爾卑斯山，往南前進義大利，去威尼斯、去羅馬、去佛羅倫斯，在文藝復興的藝術氣氛陶冶身心，旅行的折返點往往在那不勒斯或更南邊的帕埃斯圖姆，青年們從此將再度翻越阿爾卑斯山，來到德語區的維也納、柏林、波茨坦等地，最後再經由荷蘭或佛蘭德斯回到海峽對岸。好男兒志在四方，湖海洗我胸襟，河山飄我影蹤，壯遊規模視財富口袋深淺而定，短則三、五個月，長則兩、三年。旅途最艱難處是翻越阿爾卑斯山，途中或者遇見一匹狼、一群山賊，或者一場暴風雪，但假使他們能克服種種危難，越過山脈，他們將會變成更有勇氣與膽識的大人。

歸來的青年寫詩也寫生，自己畫，也買別人畫的，那是弗里德里希等一班風景畫家當道的契機，沒有富爸爸支持的青年們亦可在這些風景畫或遊記裡，發夢想著自己也出國了一趟。壯遊精神瀰漫著《薩爾達傳説》，精美到可當螢幕桌布的畫面皆呼應當時的繪畫美學與時代氣氛，尤其是那些不厭精細的高山曠野風景，太逼真了，逼真到荷蘭 TU Delft 大學有個好事的教授哈特（Rolf Hut）做了一份網路問卷，遊戲中的景觀與加了濾鏡的真實地質地貌並置，多數人難辨其真偽。假作真時真亦假，因為遊戲裡的山河日月太壯美，緣溪行，望路之遠近，導致遊戲入手一百二十天，你仍困在初始台地遊蕩著。

一開始是有志氣，不依賴攻略，以為憑藉自己的本事，也可找到滑翔翼，飛往下一個關卡，但後來是遊戲世界太開放，沒有起點與終點，沒有什麼線性的時間軸線需要走完，你一邊走一邊看，心不在焉地發現那座黃沙滾滾的荒山是伊朗拜火教聖地雅茲德的複製貼上；這個頹圮的神廟廢墟根本是玄奘讀書的那爛陀大學遺址，那次與你結伴同行的歐巴桑雙膝一軟，似乎卡到什麼了，開始胡言亂語；乍見這個壯闊高山湖泊何以突然喘不過氣來？是了，因為你想起那一年你在中印邊界的班公措，面對極其類似的高海拔風景，高山症發作了。

你在虛擬的電玩世界懷念著過往去過每一個地方。

上司同事很鳥，論文指導很鳥，半夜不睡覺在電視機打電動的男友或者玩抖音的女友很鳥，婆婆小姑很鳥，因為生活種種一切瑣事都很鳥，所以你得像一隻鳥放飛自己：他鄉異國百貨公司喪心病狂地血拚如經濟犯罪、東橫INN小旅館滑Tinder，煩人鳥事往左滑，手指再往右滑過去一點點，是深淵，是通姦者的快樂。現實人生困頓如密室，唯有旅行，唯有旅行，是不在場證明。

明明才兩、三個月前去過曼谷或東京，但擱淺在辦公室寫報告，明明最需要專注的時刻，你還是心不在焉地開啟另外一扇視窗，比較機票或飯店的價格……到如今，你上次出國都已經是好幾個兩、三個月前的事了。

旅行是一種癮，大疫之年，當世人與你都被禁足了，你開始產生了一種勒戒的幻覺，心亂目眩，看朱成碧。你把淡水渡船頭旁的紅磚屋看成牛津大學校舍；你在台北某燒肉店廁所的白桃芳香劑嗅出輕井澤約翰藍儂咖啡館洗手間的氣味，站在洗手台前，你在人工的香味裡追憶旅行似水年華；甚至，大半夜不睡覺坐在電腦前看些不三不四的片子，真崎航四國淫慾紀行什麼的，他站在午夜街頭徘徊賣騷，你突然發現他身後的街景是四國高松的中央商店街，你忘了為那些血脈賁張的場景勃起，你餓眼嘴饞，想起那街道有一家好吃的餐廳，航君的雞雞哪有骨付鳥好吃呢。

嗚嗚嗚，好想出國。

日前臉書病毒氾濫似地興起一波「＃PO你手機最後一張旅遊照片」的活

動，有人返國前夜，在飯店床上攤開沿途搜刮來的藥妝保健食品，有人秀出機場餐廳的咖哩飯，有人意外拍下機艙前座旅客讀報身影，報紙斗大標題寫著：「中國出現原因不明肺炎，武漢已有四十四人發病、十一人重症。」而你，iPhone裡最後一張旅遊照片是二条城光雕投影秀，那是二〇一九年的秋天京都旅行最後一晚，江戶幕府時期的城堡在光束中碎裂成奼紫嫣紅的光點，付與斷井頹垣，消失在黑暗之中，過了這個秋天，世界一切終將不同，事後諸葛回首相望，看什麼都會像一則哀傷的寓言。

是了，那趟旅程你在四条百貨公司還買了一件價值不菲的衝鋒衣，盤算著你下次去尼泊爾爬山也許可以穿著它，但兩年過去了，結果你穿著它去過最低溫寒冷的地方無非是COSTCO的冷凍蔬菜區，無法跟你上山下海的衝鋒衣根本是一件廢物，你寧可拿它在薩爾達曠野換一件防寒衣，遊戲王國的海利亞山天寒地凍，沒有足夠保暖衣物，血量總是一直掉。這日，你亂晃走進一座小屋，見桌上有兩個「暖暖草果」和一本「老人日記」，你點開日記，見上頭寫道：

「如果有人做出辛辣海陸煎烤，就送他防寒衣。」

步出小屋，天蒼蒼，野茫茫，令你想起有一回在阿根廷巴塔哥尼亞高原健行，也見過這樣波瀾壯闊的風景，遊戲之中，你岔出心神想著該次旅行喝過的美酒與牛排，突見路邊有一烤火的老人。論理，你趨前向智慧老人請益，便可從對話中找到解開任務的線索，但你一想到你被困住了，Omicron 病毒又起，插翅難飛了，你根本腦筋壞掉，舉劍對著老人亂揮亂砍。

嗚嗚嗚，好想出國吶。

輯一

環遊世界殺人事件

八百萬種死法

美國・紐約

紐約地鐵A線C線或E線，搭到四十二街，鑽出地面即時代廣場，高聳大樓將天際線切割成險峻峽谷，七彩霓虹如流瀑傾瀉，青色青光，黃色黃光，赤色赤光，電子螢幕當空展示顛倒夢想，這一秒俊美裸男表明胸肌，轉瞬幻化Samsung新款手機，人工照明二十四小時不增不減不生不滅，宛如永晝。

然我順著四十二街往西轉，穿過第八大道抵第九大道，人行道上撲面冷風揚起洋芋片紙袋，與方才那片琉璃仙境相較，這裡安靜如墳場。這裡，第八大道往哈德遜河由東往西，三十四街往五十九街從南到北，街廓縱橫交錯人稱地獄廚房（Hell's Kitchen）。典故乃十九世紀末，愛爾蘭移民群聚於此，罪惡橫行。一夜兩名條子在此盯梢，較菜的那個說，這地方他媽的真像地獄，而老警察說，錯了，這地方可火了，這是地獄廚房。

第九大道往上走至五十七街，見對街轉角一家雜貨店，渾身起了雞皮疙瘩，耳邊一陣嗡嗡作響。這城市被美國推理作家協會（Mystery Writers of America）評為全球最佳謀殺城市，而我所在的位置，紐約，曼哈頓，地獄廚房，第九大道五十七街轉角，套句作家朱天文的話，「站在此處就是世界的中心了。」

對的，勞倫斯．卜洛克（Lawrence Block）筆下的硬漢偵探馬修．史卡德就住在這兒。

偵探在小說中這樣說：「三十多年前，我辭職不當紐約警察，之後沒多久，我也辭掉了為人丈夫，為人父親的角色，然後從一棟位於長島歐榭的舒適郊區洋房搬到西北旅館一個簡樸的小房間。我不常待在那個房間裡。附近位於西五十七街五十八大道上，阿姆斯壯飯店成為我的客廳兼辦公室，我在那邊見客戶吃飯，社交中心也以那裡為中心，一天又一天，當時我就是天天喝酒。」

這紐約條子一次勤務開槍誤殺一位小女孩，進而自我放逐於這簡陋房間，終日喝著波本威士忌，企圖把自己溺死在酒精裡。西北旅館是作家憑空捏造的，現址是一家雜貨店，然而偵探與妓女女友後來搬進一座名為凡登的氣派大樓，對面還真的有。聖保羅教堂也在兩條街之外。偵探在聖保羅教堂地下室參加匿名戒酒協會。陌生人彼此分享自己的不幸以得到力量，輪到他的時候，他總是說：「我叫馬修，我今晚只聽就好。」

繞過教堂側牆，走入地下室，張燈結綵，一群社區媽媽正在布置場地，晚上有兒童舞蹈成果展。教堂對面，不正是火焰餐廳？晨星就在五十七街和第九大道交口的西北角；火焰則在同一個街區靠五十八街那頭。兩家都是很典型的希臘小餐館，沒有一家會登上紐約的美食排行榜，但都不會太糟，而且天曉得都很方便。偵探說。

地獄廚房上世紀九零年代前曾是曼哈頓地價最低一區，但現在不同了，住宅大量翻新，時代華納中心、林肯中心都在附近，它像是要洗底一樣，改名叫做柯林頓，可是酒吧還在。另類的旅行團帶觀光客在此做酒吧巡禮，憑弔往日風情。這城市永遠有大把崇拜黑幫傳奇的人，至少從吉米·沃克（Jimmy Walker）當市長那會兒就是如此，自從HBO影集《黑道家族》（*The Sopranos*）播出之後人數又大增，年輕律師和廣告AE則希望吹噓他們前一晚就在米基·巴魯旁邊喝威士忌。

當然，旅行團不會帶人去小貓小姐、巴黎綠、葛洛根和阿姆斯壯，這些都是假的，旅行團參觀的是Rudy's Bar & Grill。這家酒吧堪稱地獄廚房龍頭，上世紀禁酒令解除，全紐約第一家取得酒牌也是他們家。深色木牆和磁磚地板，電視、點唱機與飛鏢靶，那氣氛和小說裡的愛爾蘭酒吧如出一轍，酒吧最大賣點是只要點了酒，就有源源不絕的熱狗可以吃到飽。晚上八、九點，一堆老人站在吧檯聊天。酒保是個五十幾歲的女人，徐娘半老對上江湖寥落。我坐在吧檯張望，旁邊一個方頭大耳的壯漢，心想，此人莫非是米基．巴魯？

米基．巴魯，馬修．史卡德宇宙裡一枚冷血殺手，常年慣穿一條屠夫圍裙，上頭血漬斑駁如抽象畫。殺手讀詩，如哲學家一樣思考，最聳人聽聞之舉乃某夜他把某人頭砍下，然後放在一只保齡球袋子走跳各大酒吧展示著。隔幾日，我去大都會博物館看安迪．沃荷與六零年代創作者特展，才恍然明白，是啊，康寶濃湯罐頭、萬寶路菸盒可以變成藝術品，馬修．史卡德宇宙裡的屠夫兼任詩人，妓女開藝廊又有何不可？這城市最迷人之處乃在於這種衝突的通俗性。是故殺手和警探可以是知己，總在酒店關門之後，煮一壺咖啡說江湖夜話，日出後他們便去十四街第八大道聖本納德教堂望彌撒。

厚厚的木門推開，視線陡然一暗，冷空氣一陣冰涼，叩叩叩，挑高的空間，腳步聲一響一響都踩在心坎裡。馬修進教堂總習慣為熟悉的亡者點一根白蠟燭祝福。為了安全起見，多數的教堂都改用電子蠟燭了。偵探又說了，現代很多教堂祭壇都電氣化了，你丟進投幣孔兩毛五，火焰狀燈泡亮起來，亮光值兩毛五的時間，蠻像停車計費器，要是你停太久，他們就來拖吊你的靈魂。我才不會浪費兩毛五去買一枚電子火焰器。

大教堂涼爽如洞穴，坐在裡頭稍事休息，順便檢視相機裡的照片，下城華倫街五十八號的神秘書店（The Mysterious Bookshop），謀殺之城最頂尖的謀殺專門店。書架頂天立地由下往上數二十餘層，中間有軌道梯子可以上上下下，陣仗簡直是圖書館，凶殺的大英圖書館。一本書若以一樁血案計，這書店便累計無數冤魂，安靜地血流成河。沒有哪一個城市比紐約更懂得從苦中求樂，恐怖份子外星人酷斯拉大金剛攻擊的全是它，讀推理小說亦是同樣的心態。

然而輪到自己大難臨頭可就一點也不好玩了。我住的珍恩街旅館在聖本納德附近。參觀完教堂，折回旅館櫃檯說今天仍無熱水暖氣。原定十一月初到紐約跑馬拉松，孰料遇到珊蒂颶風，延後一週，好死不死就住到一家沒有暖氣和熱水的旅館。於是我始終記得初到這城市的第一夜，扛著行李吃力地爬著木造樓梯上四樓，整條長廊亮晃晃點著蠟燭像是召魂，夜裡氣溫降至零度，把所有的衣服都往身上堆，身體不住地打顫，誰說受難有樂趣來著？蹦到腦海裡還是卜洛克《小城》（*Small Town*）卷首引言：「紐約，無可比擬，璀璨無匹的城市明星……它歷經都會最嚴苛的考驗——長夜漫漫，屹立不搖，但下雨的時候，紐約，只是個小城。」

血字簽名

英國・倫敦

「那是最好的時代，也是最壞的時代；那是智慧的時代，也是愚蠢的時代，信仰且懷疑，光明且黑暗；那是希望的春天，也是失望的嚴冬；人們面前有著各樣事物，同時也一無所有；人們正直登天堂，也墮落地獄。」小說《雙城記》其蕩氣迴腸的開場如今仍適用倫敦，一個人在城市晃遊，發現這裡仍充斥著參差的對照，BBC和《太陽報》、王室的優雅和龐克的張牙舞爪，以及，福爾摩斯和開膛手傑克。

那是推理的旅行，也是謀殺的旅行。地鐵在城市底下穿梭，搭乘貝克盧線

（Bakerloo line），自帕丁頓出發——阿嘉莎・克莉絲蒂《殺人一瞬間》（*4.50 from Paddington*）亦是以一樁發生於此的命案開場，愛治活路、馬里本，下一站，貝克街。耽讀推理小說的人十之八九都是從東方出版社的亞森・羅蘋和福爾摩斯起頭，小學生們爭論怪盜和名偵探誰才是真正的一哥，而那抽著菸斗的名偵探就住貝克街二二一號B室。

列車進站，眼前月台牆面磁磚即偵探抽著菸斗的剪影。英國地鐵每站都有其鮮明的空間設計特色，貝克街站創作主題想當然耳，便是這街坊上來頭最大的偵探。名偵探房子不大，四層樓房子，一樓禮品部，二、三樓是福爾摩斯和華生的房間，上樓木頭階梯喀滋喀滋的。梨花木斗櫃、雕花燭台、獵帽外套……男人的房間裡堆滿傢俱擺飾品，瑣碎而擁擠如文具店。桌上擺著書迷們寫給小說人物的信件：比利時少女請求名偵探協尋走失的貓、華盛頓的工程師懷疑老闆監控他們的MSN聊天紀錄……請福爾摩斯出馬。我一邊讀信，一邊聆聽少女僱員解說種種陳設典故，那沙發是名偵探沉思的地方，這桌上的針筒和皮下注射器是他慣用的鴉片和海洛因。

海洛因？以為聽錯了，抬起頭一臉訝異請少女再說一遍。她說謀殺案和毒品讓福爾摩斯亢奮，大偵探眷戀這些事物帶給他大腦的欣快感。還是覺得是自己英文聽力有問題，下樓在禮品店打開《The Sign of Four》，誰知開頭就是這樣的句子：「福爾摩斯從壁爐角落取出了瓶子和皮下注射器……顫抖手指調整著針頭，捲起了袖子……手上無數針孔……將整個注射器推到了底，整個人癱坐在椅子上露出了滿意的神情……」

「福爾摩斯用海洛因！福爾摩斯用海洛因！福爾摩斯用海洛因！」這句子像大笨鐘的鐘聲在腦海中響了起來，離開展覽館，搭了兩站地鐵到查令十字路（Charing Cross）的福爾摩斯餐廳（Sherlock Holmes Pub）用餐，那聲音仍未散去。貝克街上有不少以福爾摩斯之名的餐廳和旅館，但這些都不及查令十字路上的福爾摩斯餐廳來得有意思，此店開張六十年餘，內部陳列老闆歷年蒐羅而來各種小說版本和相關電影劇照文物，菜單以書中人的飲食癖好做發想，點了一客「波希米亞醜聞」，烤鴨淌著腥紅色的紅莓醬汁，看上去像鴨子在密室被殺死了一樣，吃起來……這隻鴨子死得真冤枉。

餐廳鄰近特拉法加廣場（Trafalgar Square），英國人聖誕跨年，足球國際賽事贏球、示威抗議都要跑來這廣場。廣場被國家美術館、聖馬丁教堂、水師提督門（Admiralty Arch）包圍著，廣場中央寶劍一樣插著五十三公尺高的石柱，是紀念擊敗拿破崙的海軍名將納爾遜，廣場往南走到底就是大笨鐘和國會大廈。動畫《貝克街的亡靈》中柯南一行人被催眠來到十九世紀的倫敦，第一個看到的景點就是時針逆轉的大笨鐘，逆轉指針成了殺人倒數的計時器，時針逆走一格，殺死一人。大笨鐘濱泰晤士河，河流分開了城北與城南，富庶與貧窮，福爾摩斯和開膛手傑克。

一八八七年，柯南．道爾創造福爾摩斯，隔年七月到十一月，開膛手傑克在倫敦東區連續虐殺五名妓女，至今仍是一樁懸案。搭地鐵渡河來到城的另一端，案發現場白教堂（Whitechapel）如今是個美術館。鑽進美術館隔壁的甘索街（Gunthorpe Street），窄街在光天化日下仍顯陰森，背脊隱約一陣冰涼。石板路上有一灘紅漆，想來是旅行團為了做解說灑上去做效果用的，可如果是十餘刀往被害者的動脈刺下去，血應該會濺到牆上去，那血跡也太不合理了。街角的白帽酒吧外牆釘著一塊看板，列舉種種嫌犯，看板寫道此酒吧原址曾逮到一個叫做喬治的理髮師，涉嫌重大，這傢伙後來因殺妻而被絞死。彼時，東區是移民集散地，東歐南印中東移民皆在此落腳。赤貧者群聚，街頭上姦淫擄掠橫行，旅遊書說「恐怕天使都不敢在此駐足」，然而與甘索街平行的，卻是不折不扣的天使巷。巷子盡頭有個自由書店（Freedom Bookshop），書店僅六、七坪，卻是整個歐洲無政府主義者的聖殿。貧窮亦是革命的溫床，倫敦東區特殊的背景，讓自由書店能在此屹立三十年不搖，書本議題集中反戰、反全球化、反法西斯主義。書籍看不懂，但旋轉架上的明信片總是懂的：「法律無非政治的陰影。」

離開書店，拐進白教堂另外一端的紅磚巷（Brick Lane），天地陡然一寬。

兩公里長的巷弄和與之交錯的街道，史皮托菲爾（Spitalfields Market）、朝氣週日市集（Sunday Up Market）、後院市集（Backyard Market），方圓三公里聚集成倫敦最有創意最有活力的假日市集。手邊的旅遊書說東區沒有漂亮的建築，不宜久留。錯了，人群才是東區最美好的風景。移民者的窮酸如今是一種波希米亞浪漫魅力。韓國女孩在斑痕累累的二戰軍服上用金絲繡線刺上鳳凰和仙鶴；笑瞇瞇的胖子攤位上五顏六色的罐頭裡面壓縮著一件件富有幽默感的T恤，我指著其中一件寫著「F CK」的背心說：「這件衣服怎掉了一個字？」她翻過面，上頭又一行小字：「All I need is U」。

未發跡的服裝師、設計學院留學生用手藝展現創意和幽默感，中東沙威瑪旁邊是泰國炒麵，再隔壁一攤是人潮擠到大街來的 Beigel Bake，貝果店如同物資缺乏的戰爭時代，狹小空間擠滿了人，然而猶太人老闆手腳老練，動線清楚而流暢，並不混亂。點了一個最基本的酸奶貝果，簡單而有嚼勁。一邊享用美食一邊看著窗外人群，街邊兩側種種稀奇古怪的事物，心想著，開膛手傑克的殺人地獄如今是購物天堂，而萬人迷福爾摩斯是個毒鬼，這就是倫敦迷人所在，光明和黑暗，華麗且墮落，謀殺與創造，如此安穩妥貼地並置在一塊。

布萊登棒棒糖

英國・布萊登

「初夏的陽光……清涼的海風、假日的人群。這些人從維多利亞車站搭每五分鐘一班的列車湧向這兒，他們站在市區的小電車上，搖搖擺擺地經過女王路，然後整堆人亂哄哄地下車，走進那新鮮亮麗的空氣裡去……」小說家葛林（Graham Greene）在《布萊登棒棒糖》（*Brighton Rock*）如此描寫布萊登。

小說寫少年品基爭奪角頭老大，凶猛如動物，殺人滅口在先，誘娶十六歲的目擊證人少女羅絲在後。他對婚姻的畏懼，使他不得不哄騙妻子自殺。小說寫人性的凶狠與無明，也記錄著布萊登海邊的美好生活。「碼頭柱上閃著銀色的新漆，奶油色的房子一路向西迤邐，像一幅維多利亞時代褪色的水彩畫……樂隊奏著樂，海濱下方的花園百花盛開，一架飛機曳著什麼有關健康的標語飛過天空。」

這個濱海小鎮堪稱倫敦人後樂園，它與倫敦僅一小時車程，很近，近得像是辦公室走到陽台抽一支菸。會議室、電腦桌前，誰要覺得煩了，便扯掉領帶、脱下高跟鞋，跳上一列開往布萊登的火車，在海邊耗一個下午，然後若無其事地返回倫敦。

跳下火車，也就跳進了葛林的小說世界。空氣像擦得晶亮的玻璃一樣，遊客們爭先恐後奔向海洋的懷抱。尋找笑聲的來源，就能輕易找到小說中的皇宮碼頭（Palace Pier）。皇宮碼頭又稱布萊登碼頭（Brighton Pier），於一八九九年五月開放。那時候，人類發現海水浴的療效未滿百年，布萊登由小漁村轉型成觀光小鎮，但人們也不知道去海邊到底能幹嘛，他們在此蓋歌劇院、賭場，把城市那一套全搬到海邊來。碩大的鷹架自海面拉拔而起，碰碰車、鬼屋、旋轉木馬等遊樂設施在陽光下閃閃發亮，魔幻得宛如一則童話。

岸上看風景，看人也被觀看。紳士、仕女、工人……沙灘上，既定的階層全被打破，年輕健美者據地為王。比基尼女孩躺在礫地上做日光浴，少年們如希臘石雕那樣敞著壯闊胸懷，在女孩身邊徘徊，彼此視線閃躲追擊著。坐下來還不到五分鐘，我便已經察覺到那空氣中的荷爾蒙如開水一樣煮沸著。

布萊登屬於炸魚薯條、啤酒泡沫、陽光，是任何一種屬於感官的短暫快樂。沿著海灘的邊緣走，迎面而來的中年男子眼露邀請的眼神，「……突然有兩個男人出現在我眼前：一個正跨上腳踏車，一踩，車輪往前滑去；另一個，還在整理他的衣服褲子，打趣對我說抱歉，你晚了一步，錯過最精彩的了。」突然想起來作家王盛弘在書中寫過這樣的事，由皇宮碼頭往東邊走，就是天體營。

布萊登是同性戀者的天堂，按人口比例換算，每四個人就有一個 gay 或 lesbian，櫥窗裡展示著最妖豔的衣裳，派對和舞會始終無所不在。每個人都在追尋自己的海灘，鍛鍊得固若金湯的男子沿海岸線徵友。而我，不斷地在格蘭特飯店（Grant Hotel）、賽馬場，每一個小說裡出現的景點打卡。看看手錶，下午兩點，我要做的那件事情，還要六個小時之後才能達成。

時間還早，橫越馬路到格蘭特飯店，企圖抄近路到皇家閣（The Royal Pavilion）。這座十八世紀喬治四世的行宮，耗費近四十年才竣工，如同泰姬瑪哈陵一樣的外觀頗有異國情調。彎彎曲曲的巷弄紛繁如掌紋，糖果店、服裝店、畫廊，色澤華麗如迷魂陣，置身其中，頓時茫茫然不知所措。這個叫做北街（North Street）的地方是布萊登的商業中心，往北是北巷（North Laine），往南是The Lanes，往西則可抵達邱吉爾廣場（Churchill Square）。從一家舊書店出發，繞了一圈又回到原點。陽光令人暈眩，看到櫥窗裡掛著美麗床單，黃澄澄的光線灑在藍白條紋床單上，好像躺在上頭就會有一個美好的睡眠。我望著床單迷惘一陣子，再回過神，手中已經多了一袋炸花枝和冰啤酒。

等天黑，重返皇宮碼頭。在甲板擺上棒棒糖，拍照，黃昏的布萊登棒棒糖。

返回飯店後，要將照片附加在電子郵件轉寄給遠方的友人，千里迢迢而來，就是為了這樣無聊的事，完事了，再搭火車返回倫敦，一切都像沒發生一樣。

沿著一道斜坡返回火車站。自高處回頭眺望，遭逢大火的西碼頭荒廢在海面上，被鏽蝕得只剩下骨架的建築主體，彷彿一隻擱淺的鯨魚，黃昏裡旋轉木馬空洞地旋轉著，手風琴聲音在風中飄蕩，感覺只是離開一下下，陽光卻已經老了許多。黃昏的碼頭、輪船汽笛、起霧的地平線，沒有誰比詩人聶魯達更適合當下，腦海蹦出一大段文字：「有時我在清晨甦醒，我的靈魂甚至還是濕的。遠遠的，海洋鳴響並發出回聲。這是一個港口。我在這裡愛你。」稍後，我就要把這段文字寫在電子信件上，然後寄出去。

東方快車謀殺案

中南半島

下午三點，距離火車發車時間還有兩個小時。我坐在酒吧一角，桌上一杯粉紅色飲料，杯緣涔涔冒著冰涼的冷汗。琴酒、鳳梨汁、櫻桃白蘭地、檸檬汁、苦橙酒、琴酒、石榴汁……喝得出來的、喝不出來的，總和成一杯新加坡司令，甜美而誘人。世上種種過於甜美的事物都要小心，因為可口，沒有戒心，一口接著一口，臉頰發燙了，體溫升高，就把自己推到醉的邊緣。

喔，對了，世界上第一杯新加坡司令就是在我身處的酒吧調出來的，這裡，是新加坡萊佛士飯店 Long Bar。周遭是老柚木裝飾典雅裝潢，餐廳裡客人不多，約莫八、九桌，大概光天化日之下，人也清醒些，花生殼都不亂丟的。然而在這個酒吧亂丟花生殼全然合乎禮儀，酒吧很慷慨，花生一碟一碟無限量供應。早年英國酒客在此飲酒吃花生，一夜下來，堆了一桌的花生殼和八卦，桌子亂了，單手一揮就是了。那樣一個撒手對拘禮的英國人像是自由和解放，誰都有樣學樣，誰都入境問俗，久了，也成了一種粗枝大葉的風流態度。

伊莉莎白二世、伊莉莎白・泰勒、卓別林……酒吧牆上掛著造訪飯店名人照片。上頭並沒有看到英國作家毛姆（William Somerset Maugham）照片，但毛姆卻無所不在。我在飯店長廊走動，企圖揮散多餘的酒氣，白色長廊拱斗如鏡框，層層疊疊似乎沒有盡頭，長廊兩側賣徠卡相機、賣第凡內珠寶、賣ＬＶ包包，每家店的門面暗暗的，像古董鋪或中藥行，空氣中隱然有雞蛋花淡淡的香氣，有底蘊的飯店從來不招搖。

毛姆是這家飯店常客，都說《月亮與六便士》（*The Moon and Sixpence*）和《人性枷鎖》（*Of Human Bondage*）是老先生關在七十八號套房裡寫成的。毛姆把在新加坡聽來的殖民地醜聞寫成小說賺大錢。曾在董橋散文集讀到一個故事：一位英國醫生在萊佛士請毛姆吃飯，他要主人把十二人晚宴改成六十人自助餐，席間拚命慫恿英國人講八卦，飯後還悄悄告訴主人說這些故事你別洩漏，我來寫。殖民地男女情愛風景在他筆下變成一冊冊的小說，殖民地男女文質彬彬，然而禮教黃金枷鎖，人性赤裸裸，好看得不得了。

四點一到，集合了，有人起身，有人還坐著。誰是飯店客人？誰是乘客，和我一起搭東方快車？一目瞭然。衣著華美，宛如《唐頓莊園》貴族的仕紳名媛是英國伉儷；巴拿馬短褲搭配「I love Singapore」T恤的是美國夫婦；兩個蓄鬍、紫色襯衫和白長褲的中年男子儼然是喬治．麥可雙胞胎，明顯是一對。眾人依序走上接駁遊覽車，雙雙對對，恩恩愛愛，彷佛我們搭乘的是諾亞方舟，而非東方快車。而我是除以二剩下，刺目的奇數。假使毛姆置身其中，他會怎麼在小說裡安插這些人？殺掉其中一個奪取遺產？不不不，那就變成阿嘉莎．克莉絲蒂的《東方快車謀殺案》（*Murder on the Orient Express*）了。

一九三四年，克莉絲蒂出版《東方快車謀殺案》時值歐洲鐵道旅行大熱。東方快車泛指巴黎至伊斯坦堡長程列車，列車提供臥車、餐車，以舒適及華奢的服務享負盛名；絡繹不絕的皇室貴族、外交家、富豪大亨在火車上展示他們華麗珠寶衣裳與新戀情，說那是一場流動的派對或一座移動的飯店也未嘗不可。

亞洲東方快車（Eastern & Oriental Express）為東方快車的亞洲支線，於一九九三年正式行駛在馬來半島的鐵道上，幾年前經營權易主，變成BELMOND集團。

我們一行人約莫四十人坐滿一輛遊覽車，被載到新加坡和馬來西亞邊界的兀蘭火車站（Woodlands）。邊界車站簡陋的水泥房子和光禿禿的月台，與華麗氣派樟宜機場相比，無疑是太寒傖了，它似乎落後在這個國家生猛的經濟洪流之外，把我們帶回大不列顛殖民時代：那個在狹窄過道側身借過的乘客，是啟程前往檳城上任的英國低階文官；那個對號入座的，是牛津學成歸國的馬來王子，要返回他的宮殿；至於一進包廂就把男人推到牆上索吻的正是毛姆和他的小男友，火車駛進熱帶叢林裡，幫助他獵取一個又一個哀豔戚頑的東南亞故事。

來到自己的車廂，管家已準備好下午茶，空間這麼狹窄，他幾乎是半跪著斟茶擺餐盤（更正，車廂白日是客廳，晚上沙發鋪成雙人床，淋浴間、衣櫃樣樣不缺，其實也不窄），可他進退有節的優雅舉措，洗鍊笑容，把自己收拾成了《長日將盡》裡的安東尼·霍普金斯。

老派奢華之必要啊，逕自走向最後一節景觀列車，火車過道吊著黃銅吊燈、兩旁紫檀木和榆木的護壁板，嵌著泰式木雕及刻花鏡。列車陽台上，俊美的西裝男子，白洋裝女人，在等待晚餐的空檔手持香檳杯輕聲交談。照耀橡膠林的美好夕陽餘暉總提醒我們，大英帝國的日頭怎樣也捨不得下山。

四十八小時的鐵路旅行總共會吃四套正餐，菜單攤開來簡直是一本普魯斯特的小說：巴伐利亞花椰菜拼盤、炭烤羊肋排、鴨肝餛飩、海鮮蛋奶酥配龍蝦濃菜湯、果仁奶油拌水果。十二個廚子擠在僅僅只有四分之一個車廂大小的廚房，竟然可以變出一道道米其林等級的料理，已然是魔術。

餐點與餐點之間我們其實也下車觀光的：景點是馬來西亞霹靂州江沙縣（Kuala Kangsar），參觀昔日國王的氣派行宮和壯麗的清真寺。景點是距離曼谷一百公里的桂河大橋，我們搭船遊河，參觀鐵道博物館。一九四一年日軍入侵東南亞，為拿下緬甸，強押戰俘打造一條曼谷至仰光的鐵路，因環境惡劣，數十萬戰俘命喪於此，故有「死亡鐵路」稱呼。觀光時間兩、三個小時即可，歷史掌故、異國情調淺嘗則止。憐憫當然可以有，但上了火車，換上燕尾服，一切都可以拋在腦後。

無非是戲，那火車，那乘客。餐桌上舉杯祝福，機智的笑話像一句漂亮的台詞。酒足飯飽，乘客們湧到酒吧車廂唱歌享樂。鋼琴手身懷絕技，不管火車多晃多搖都不會干擾他的節奏。慢火車以每小時六十公里的速度緩緩穿過中南半島，延遲抵達現實的時間。偶爾經過一處夜暗的平原，車窗外，幾名孩子追著火車招手奔跑。對乘客而言，那是東南亞情調，然而對原野上的孩子們，車窗裡籠罩在溫暖光暈的男人和女人，何嘗不是一場好萊塢電影？兩道鐵軌在後咻咻咻流逝，彷彿隱喻，東方快車載著我們將時光倒流，一路駛向未來。

尼羅河謀殺案

埃及·亞斯文

置身亞斯文（Aswan）火車站旁的某雜貨店。店面小小的，乍看比台北街頭公用電話亭大不了多少，狹窄空間層層堆疊餅乾、礦泉水，上頭覆著薄薄的灰，如果說那些東西是從金字塔裡挖出來的我也會相信。雜貨店外眾聲喧嘩，小販此起彼落地吆喝著，亮晃晃的陽光傾盆而下，這是亞斯文最熱鬧的市集。

「可樂一瓶多少錢？」

「四埃鎊。」（約新台幣二十元）

埃及逗留好幾天，發現可樂價格跟股票價格一樣是浮動的，從一罐新台幣一百五十元到新台幣三十元都買過，但天氣實在太熱了，近攝氏四十度的高溫，一瓶黑麻麻的可樂都似仙水一樣消夏。一瓶二十元？當然買！立馬拎了半打上河輪。

那是一個四天三夜的尼羅河河輪之旅，行程是這樣的：第一日，由開羅搭機飛往阿布辛貝神殿（Abu Simbel），停留一上午——此神殿為拉美西斯二世（Ramesses II）所建，自戀的法老王在當時的邊境建造了自己和神明的巨大雕像供萬民膜拜。然後轉戰亞斯文，參觀費拉神殿（Temple of Philae）、亞斯文大水壩，之後，便在亞斯文上船，順尼羅河而下往卡納克（Karnak），途中參觀康翁波神殿（Kom Ombo）、艾德芙神殿（Edfu）等古埃及神廟。六罐可樂喝完了，旅途也就結束了。

打開第一罐可樂，啵，河輪在傍晚抵達尼羅河畔的康翁波神殿。黃昏餘暉罩著土黃色宮殿，看上去像是被神明施了魔法似的，神殿右翼供奉康翁波神，左翼供奉老鷹神。當年埃及人身體若有些病痛，就來這裡請示神明，堪稱埃及

「保生大帝」，故神殿後院有一整面相當強大的醫療壁畫，鉅細靡遺刻劃古埃及醫療方式。那時候，女子坐著分娩；無顯微鏡，埃及人卻已知精子存在，牆上有陽具雕刻，有三個加拿大男孩在一旁笑著拍照，一名反戴球帽的男孩做出猥褻動作，那是與我們同一船的，丟臉死了。

再打開一罐可樂，啵，傳統三桅風帆「費魯卡」（felucca）在冉冉氣泡中上升。躺在船上，順尼羅河前往努比亞人（Nubians）的村落。貫穿北非，綿延六千七百公里的尼羅河就屬亞斯文這一段風光最明媚。悠悠尼羅河，兩岸是柔美的蘆葦和健壯的椰棗樹，有當地小孩敏捷地划著木板朝我們盪過來，巴著風帆船船緣唱歌討賞，田園牧歌一樣的風景偶有農夫牽牛走過。

船隻靠岸，換騎駱駝進村。村落小小的，二、三平方公里縱橫，都是低矮可愛的房子。坐在駱駝背上，俯瞰百姓往來，居高臨下的視野如同凱旋而歸的大將軍，心底一股說不出的得意。可是那些努比亞人，把我們當空氣，若無其事地聊天、做買賣，騎在駱駝上的我們反倒成了通姦被逮著了遊街示眾的罪人。

膚色深、捲髮，這些努比亞人的外貌與阿拉伯裔的埃及人不同，他們原居住埃及南方與北蘇丹，埃及蓋了亞斯文大壩，等於毀了他們的家園，他們被迫遷村於此，以農業、觀光為生，但生活困苦，仍需政府輔助。我們跑到一戶人家看鱷魚，主人宣布等等會有當地少女的民族舞蹈表演，我在內心翻了個白眼：「拜託，別來了。」旅行中，最令人討厭的就是地方民族舞蹈，其厭惡程度跟長途巴士的洗手間一樣討厭。

一群小女孩從四面八方湧出來，將我們團團包圍。我退出圈圈之外，發呆放空，小女孩跑來作勢要拉我的手，我又倒退一步，想：「反正妳們最後還不是都是來要錢的！」誰知那女孩仰起頭，四、五歲的模樣，細細嗓音用英語說：「我是東妮雅，和我跳舞好嗎？」小手握住了我，一陣暖意自掌心傳來，心頭一震，突然覺得慚愧，小妹妹只是想單純與我跳舞罷了，我幹嘛這樣壞心呢？

丟開戒心，我們繞圈圈跳舞，臉上掛著輕淺的笑容，心想：「東妮雅謝謝妳，妳讓我再度相信了人的美好。」一盤算著要把口袋裡的零錢、普拿疼、維他命、口香糖全給東妮雅。五分鐘後歌舞結束，東妮雅唰一聲換了一副面孔，「給我錢！」我像是被狠狠地打了一巴掌似的，臉頰燙燙的，傻傻地把零錢掏出來，另外一個小女孩如同老鷹一樣把我的零錢叼走，東妮雅追上去，兩人扭打在一塊。就這樣我栽在一個小女孩手上，但她的笑容明明這樣燦爛，手心溫度明明這樣暖和，張無忌的媽媽說的一點都沒錯，「越漂亮的女孩越會騙人」，而且從小就愛騙人。

在失落之中登船，河輪啟航。打開第三罐可樂，配埃及小米雞肉捲吃，河輪上的舞會有東西可以吃，看到在康翁波神殿反戴球帽的男孩與一名雷鬼頭女孩摟著跳舞，太吵鬧了，索性跑到甲板看書。打開第四罐、第五罐可樂，一邊喝，一邊看阿嘉莎．克莉絲蒂的《尼羅河謀殺案》（*Death on the Nile*）。一群有閒有錢的歐洲人登尼羅河遊輪，然後有人在途中被殺了，船上每個人都有嫌疑，因為身歷其境，那文字讀起來格外親切。

「亞斯文是個沉悶的地方，飯店房間有一半是空著，所見之人都年近半百，惱人而糾纏的小販……」小說家在一九三七年的見聞和我看到的並無多大改變，她對尼羅河的描述如下：「尼羅河那些發亮的黑色岩石，在月光下，那些石頭顯得很怪異，像巨大的史前巨獸。」我看到的風景比她美多了：水流動如布疋，暖暖的夜晚躺在甲板上，滿天星星都在旋轉，我沒有喝酒，卻有幾分醉意。甲板上來一人，是加拿大球帽男的朋友，傍晚與他一起胡鬧著。他躲在暗處，低頭刷著手機，藍色的光芒映在他的臉上。蹬蹬蹬，甲板上又傳來另一個腳步聲，我回頭一看，是雷鬼頭女孩，兩人在暗處裡低聲說著笑。

隔日來到艾德芙神殿。神殿建於希臘時期，是崇拜老鷹神荷魯斯（Horus）而建。神殿埋藏於風沙中有數千年之久，被考掘出來也是近百年的事，所以保存完整。但整個旅程看了太多神殿，有點消化不良，大夥都蹲在庭院逗貓。眾人看貓，我看著雷鬼頭女孩和那兩男孩之間互動。球帽男趴在牆角玩貓，雷鬼頭女孩與手機男隔著五十公尺竊竊私語。

大太陽底下無鮮事，塵歸塵，土歸土，只有人的情感才是最有趣的風景。本來納悶何以老外愛在旅行當中讀推理小説，現在我知道了，旅行脱序懶散和逸樂氣氛，永遠都是偷情和殺人的好時光。隔著遠遠的距離觀察兩個人微笑説話，逕自想像著他們會有怎樣的對白：「晚上溜到妳房間去好嗎？」「你的腿毛好性感……」手中捧著推理小説，但眼前的情感比小説更撲朔迷離。

球帽男把小貓從洞穴裡揪出來，粗魯地逗弄著簡直是虐待。我喝掉最後一罐可樂，心想，你再調皮嘛，沒關係，等你把手機裡的照片上傳電腦，點選放大之後發現你女友癡纏的眼神落在誰的身上，就有你好受的了。

龍紋身的女孩

瑞典．斯德哥爾摩

疫情過後不知道怎樣了，但我那時候去的斯德哥爾摩機場挺有意思，出境海關兩側通道是瑞典人的明星同鄉巨幅海報：導演柏格曼、女明星葛麗泰．嘉寶（Greta Garbo）、網球明星柏格（Björn Borg）、ABBA合唱團……壓軸的是一名中年男子，熊臉，路人氣質。

但此君可不簡單了，他叫史迪格．拉森（Stieg Larsson），一九五四年出生，二〇〇四年過世，生前寫了三本系列小說《千禧三部曲》，描寫勇猛的熱血記者與一龍紋身的宅女駭客如何打擊犯罪，全球大賣六千萬冊。賣座小說拍成電影是一定要的，瑞典拍完好萊塢拍，於是我們有了大衛・芬奇（David Fincher）版本的《千禧三部曲I：龍紋身的女孩》。

書中場景變成熱門景點，小說在現實生活中查無此人此事，卻真有其地其景，熱心粉絲按照書中描述，整理出了「千禧地圖」。一批批的讀者，包括我，就拿著地圖，由歐陸、由英美和日韓湧到南島（Södermalm）來，按圖索驥來一趟「千禧之旅」，走入小說世界。

對斯德哥爾摩第一印象是冷，真冷。「這城市的冷，不是那種白色聖誕的冷，而是謀財害命的冷，」大衛・芬奇於瑞典舉辦的電影記者如此說道：「本想在美、加一帶取景，但想想這城市的冷調和深沉只有回到這個城市來才得以彰顯。」我站在斯德哥爾摩市立博物館（Stockholms stadsmuseum）門口，雙手環抱拚命摩擦身體，牙齒格格作響。十一月底氣溫不過攝氏三度，但對我等南國島民已是極限，暴露冷空氣之中，如臨《封神演義》寒冰陣，風中似有利刃飛轉，一刀刀割人皮膚。

死氣沉沉的市立博物館，因主辦「千禧之旅」，和小說沾上了邊，也意外成了這城市最熱門的景點。博物館正對面有一排連棟玻璃建築依著山壁而建，頂樓有個玻璃天梯與山丘頂巔公園相連接，這棟怪模怪樣，名為 Katarinahissen 的玻璃天梯正是南島地標。

小說中龍紋身女孩上班的保全公司即設定在此。欲窮千里目，更上至高點，爬上天台，這城市的秀麗與典雅盡收眼底：梅拉倫湖（Lake Mälaren）和波羅的海的交界，煙波浩渺中錯落諸多小島，層層疊疊的偉岸建築如山巒起伏，襯著湖面平滑如鏡，明信片一樣的風景，「這城市的媚惑超乎你的想像。」《Lonely Planet》評定二〇一二年十大城市，對斯德哥爾摩下了這樣的評語。

這城古典且前衛。我的視線穿越市政廳，落在中央車站周遭，搜尋昨天去過的 Nordic Sea Hotel，那精品旅館有這城市目前最火熱的 Ice Bar。北極圈運來的千年寒冰搭蓋的冰窖，置身其中，用冰塊鑿成的杯子喝著熱辣的伏特加，相當過癮。Ice Bar 一杯飲料約新台幣一千元，要價不菲，但沒錢也有沒錢的玩法。

斯德哥爾摩地鐵站有型有款，一百座地鐵站中，高達六十六座有著五顏六色的塗鴉和裝置藝術，安排一日把地鐵站當美術館來逛也是很棒的行程。

這城市充滿活力，但拉森顯然不這樣認為，他在小說第二冊開頭就說這城市活像個廢墟。朱雀神武，東邪西毒，拉森心裡自有一份道德地圖：東區房子最氣派，房價最高，書中的大反派都住這一區；市政廳所在的國王島是權力核心，法院、警備總部在此，堪稱中間地帶；男女主角居住和工作的地方都是南島，這區，當然就代表絕對的善良。這區的人有多良善？良善到我拿著地圖在十字路口徬徨，就有婦人停下來問我要去哪裡。

「約特路（Götgatan）七十號。」我答，婦人聞畢為之語塞，吞吞吐吐說不出個所以然來，旋即拿起電話對話筒嘰哩咕嚕，然後撇過頭來對我說：「直直前去，第一個路口右轉，走五十公尺就是了。」原來，婦人是打電話幫我問路來著。

約特路七十號，是小說中熱血記者工作的千禧辦公室，現址是綠色和平組織的辦公室，如此設定倒也名實相符；再走幾步路，Tjärhovsgatan 四號，一家叫做 Kvarnen 的夜店餐廳是龍紋身女孩的姊妹淘組團演奏之地。餐廳陰暗喧嘩，成片成片黑白相間、棋盤狀的地板凝望短短一分鐘就令人暈眩，那六零年代的裝潢風格相當迷幻，但這個怪異的餐廳賣的確是最典型的瑞典家常菜，肉丸和馴鹿燉肉。

吃飽了，正好散步到摩塞巴克廣場（Mosebacke Torg），去看看那裸女相擁雕像，雕像是市政府在一九一一年為紀念兩名相約跳水自殺的苦情姊妹所建造，小說多次提到龍紋身的女孩走過廣場，心中不知是否可曾想起雙胞胎妹妹或同性戀人？廣場對面是梭德拉劇院（Södra Teatern），興建於一八五九年，小說中龍紋身女孩與律師在劇院二樓的酒吧密謀法庭攻防大計；二〇〇四年，拉森過世之後，家人亦選擇在這個劇院替他守靈。

再往下走，男主角的家、龍紋身女孩的家……實地走一遭，才發現小說中互不相干的男女主角竟是街坊鄰居，狹隘的人際關係簡直可以媲美八點檔鄉土劇。小說人物的生活動線就是作者拉森的生活動線，他將他的辦公室、平常愛去的咖啡館串連成一個大故事，若說這本書是他寫給南島的情書也未嘗不可。

濱波羅的海的南島昔日是個漁村，地處邊陲，龍蛇雜處，上世紀六、七零年代，此處便宜房租吸引大批藝術家進駐，為小漁村帶來了聲光色彩。那媲美舊金山起伏曲折的馬路，兩側是聲色各異的咖啡館、畫廊、古董店。賣舊書、舊衣、舊唱片的店也不少，能溫柔地對待往日時光，正是南島迷人之處。

拐進一家舊書店，這裡也賣寫過的明信片，瑞典文讀不懂，看筆跡不難看出寄信者當下是什麼心情。其中有一張這樣寫著：「To Claire: You complete me. Po ps,1226」，沒頭沒尾如同密碼，這個 Clarie 如何完整了 Po 的生命？這又是另外一個推理故事了。

離開書店，沿著海岸線往貝爾曼路（Bellmansgatan）走。下午三點鐘，北國夜幕已落下，我在窄窄的街道中走著，冷冷的冬霧裡似乎躲著人，窺探著另外一個人，而誰也不敢確定誰是好人，誰是壞人。這是拉森走過的街，看過的風景，在腦海中比對著小說和真實世界的異同，想著陰謀如何展開，命案如何發生，親身走過一遍，讓那些不法的再度伏法，該死的，在我的旅程之中再死一遍。

砂之器

日本・福岡

早上八點三十分，抵金澤車站。

那是一個旅遊同業的媒體考察團，同行的人皆已打包回台灣，剩我一個人，延期了回程機票，開始自己的小旅行，應該說，唯有落單，才是旅遊的開始。

搭九點十五分特急雷鳥號離開北陸，列車往南，十一點四十分抵新大阪，再轉搭十一點五十五分的新幹線到北九州最大的城市福岡，預計兩點五分抵達。列車車廂明亮而乾淨，有低頭手指飛快按著手機的，有歪著頭補眠的，空間寧靜如圖書館。我在車上讀書，拿小說當旅遊手冊。松本清張《零的焦點》用來支援金澤之旅；另一本《半生記》，還是松本清張，大師四十五歲前未發跡在北九州小倉生活的自傳，是我的福岡導覽。

在金澤每一天都是好天氣。兼六園每一株花木皆在陽光下閃閃發亮，茶屋街撐著紙傘和服女子與我錯身，屋簷底下的風鈴被微風撩撥得嘩啦嘩啦。但因為小說的緣故，每一張曝光正確的照片看上去都罩著淒清的霧，《零的焦點》描寫新婚人妻到金澤尋找失蹤丈夫，未料千里尋夫的旅程卻成了社會矛盾和惡習的揭露，此為日本社會派推理之父早期代表作。雖說是早期作品，但松本出版這本書已經五十歲了。

松本在四十一歲得文學獎，四十五歲才在文壇嶄露頭角，堪稱大器晚成。他前半生在報社美術部門擔任美工，靠卑微的工作養一大家子。讀《半生記》時，我老是想著在松本前半生的抑鬱不得志，到底要忍受多少寂寞，要不斷告訴自己「其實我也可以」到什麼樣的份上，才不至於讓心中一星搖曳的火苗熄滅？

途中火車行經廣島，好奇地把額頭貼在冰涼車窗玻璃，打量這城市的樣貌。松本在二戰結束後，曾一度兼差批發掃帚。為省住宿費，他搭夜車往來於大阪、廣島和九州地區，最後折算下來，卻因店家跳票賠了錢，可是松本在書中回憶這段經歷卻帶著懷念口吻，旅行可以短暫跳開兒子、丈夫、父親的責任和義務，讓他在火車上奢侈地作夢。旅行對這男人而言，是一種逃離現實的方法。

兩點五分準點抵達。搭地鐵轉公車，來到下榻的福岡海鷹希爾頓，看看錶，下午三點四十六分。飯店後門是福岡巨蛋，這邊有OH桑的博物館。OH桑，王貞治桑。OH桑一九九五年起擔任福岡大榮鷹隊（隨後改名福岡軟體銀行鷹隊）的監督。OH桑初掌鷹隊兵符，原本低迷的球隊戰績未見起色，媒體與球迷對其領導統御能力皆有奚落和質疑，但一九九九年，鷹隊挺進季後賽，擊敗西武獅隊，贏得太平洋聯盟冠軍；之後又在日本大賽中，以四勝一敗成績擊敗中央聯盟冠軍中日龍隊，在前身南海鷹隊於一九六四年贏得優勝後，相隔三十五年再度奪下「日本第一」冠冕，媒體稱之為「悲願達成」，棒球大神自然值得蓋一座博物館讓人欽佩著。

晚上，又搭車到那珂川旁的中洲屋台。日劇中常有男女主角於午夜街頭瑟縮推車小販前，稀哩呼嚕地吃拉麵或關東煮。那源自江戶時期的推車小攤即是屋台。經營屋台需要執照，然因日本政府近年已停止發照，加上執照父死子繼無法轉讓，故數量銳減。唯獨福岡屋台數量逾百，仍占全國四分之一，新穎玻璃大樓對比著木頭攤販推車遂成這城市最鮮明的街頭風景。

福岡屋台散落於天神、中洲川端和長濱三區。長濱屋台是博多豚骨拉麵發源地；天神屋台位百貨公司林立的天神車站，飲食選擇最多；中洲川端屋台在那珂川河畔，有河景佐餐，最富情調。見西裝上班族、ＯＬ站在一鍋熱騰騰的關東煮旁大口吃肉、大口喝酒，不拘小節的態度也讓福岡和東京、大阪相較，多了那麼一點粗枝大葉的風流。

我走在人群中不免想起松本來。二十五歲的他曾在福岡印刷廠當過短暫學徒。半輩子受父母的羈絆、未曾離開家鄉的他，在福岡初嚐自由的滋味，他說，放假沒閒錢看電影，唯一的樂趣就是整天在市區閒逛。當時，松本也應該來過中洲屋台，擠在人群之中享受著這人人皆有份的快樂吧。

旅行重點自然是松本昔日住過的北九州小倉市。

隔天搭上午八點四十五分普通車自福岡出發，九點三十分抵小倉車站。清張大道正對著鄰站JR西小倉車站，步行八百公尺，小倉城邊看見一棟兩層樓水泥建築，正是松本清張紀念館。

入場即見松本所有小說版本和譯作封面拼貼的大牆，接下來一面長二十二公尺，由他的照片文物和當時新聞事件照片構成的影音牆亦非常可觀。拐了個彎，眼前赫然出現一棟日式民宅，那是照著松本在東京杉並區住所打造的房子。

隔著玻璃窗看屋內種種擺設，感覺自己像偵探，想藉由屋內種種陳設去推敲屋主的性格。書齋裡一排排的書架塞滿精裝書、文庫本和百科，過道上一疊疊的剪報和資料，藏書逾三萬冊。起居室牛皮沙發看上去很舒服，但想來當年登門催稿的雜誌編輯大概也無福消受。一九五八年，松本出版《點與線》、《眼之壁》熱賣，一時之間雜誌報紙爭相邀稿，松本為應付稿債，沒日沒夜地寫，平均日產九千字。為節省時間，他將剛寫好的稿子放在吊籃，由二樓垂放到樓下庭院，讓編輯拿了立馬衝回辦公室檢字排版。

來自小倉的小美工變成了日本文壇的奇蹟之人。上世紀七零年代，松本每年光靠版稅，收入便破七千萬新台幣，個人繳稅所得居日人之冠，但他沒有任何驕矜之情，他只是在這樣全是書本的圍城，蠶食著每一本書，然後吐成一個一個字，變成一本一本書，孜孜不倦地創作，直到生命最後的時光。

離開紀念館，又搭電車前往門司港。與門司港隔著關門海峽對望的下關是松本童年成長的地方。他在《半生記》寫道：「……我家位於從下關（山口縣）往長府的方向，從街道數來第二間的二層樓房子。從屋後一走出去，瀨戶內海上有許多船隻來來往往。正對岸的陸地前端有一座和布刈神社，神社背面山上是鬱鬱蒼蒼的森林，被包圍其中的神社屋頂反射著夕陽的光燦。一到晚上，門司港的燈火宛如一顆顆小小的珍珠，光彩耀目。」松本住過的房子當然是不在了，但紀念館的工作人員告訴我，和布刈神社有一座松本清張的文學紀念碑，是紀念松本小說《時間的習俗》在此取材而建的。

下了車，在車站周遭疾行，但因分不清楚方位，兼以不諳日語，根本找不到和布刈神社。半放棄地在港口亂晃，參觀完了九州鐵道紀念館、舊門司海關等明治、大正時代的建築後，正待搭船到傳說中宮本武藏和佐佐木小次郎決鬥的巖流島，誰知售票窗口上地圖，卻清楚標示著和布刈神社和松本清張文學紀念碑的所在位置。

天色已近黃昏，只得租了單車飆到神社。但路的盡頭，除了森林和嘩啦啦的浪潮聲，根本沒有什麼紀念碑！大口大口的喘著氣，有種被騙的感覺，頹然地往路邊石階一坐，心想「回去搭車好了」，彎下腰綁鞋帶，倏一聲血液湧上腦門，一陣轟轟轟然的耳鳴。廟牆角落一塊小小石碑不正是松本清張的文學紀念碑嗎？

破案了。雖然我也不知道那石碑上寫什麼，找到這塊石碑能幹嘛，但心中卻有一種名偵探破案的亢奮。但能理解一件事，並理解得很深入，的確是一件很快樂的事。

下午五點三十七分，由門司港搭車回福岡，我在車上看著一整天拍的照片。放大一張松本工作室的照片，一枝作家慣用的萬寶龍鋼筆安置書桌上，腦中想起《半生記》的情節：四十歲的他某日在報上見百萬徵文的消息，他閃過一個念頭：「如果得了獎，就能用獎金分擔家計吧！」此時離截稿只有二十天，他沒有鋼筆，只能用鉛筆和紙質粗劣的筆記本，利用空餘時間寫著。書中他提到他不慎遺落了當時仍屬高價的鉛筆，半夜趴在火車鐵軌上拚命尋找鉛筆的往事，這個報社金字塔權力結構最底層的卑微美工沒有當作家的非分之想，他純粹只想掙錢貼補家用。

他把小說寄出去了。然後，得獎了。車子經過小倉車站，我把視線由相機移到車窗外，恍惚的剎那，我似乎看見松本清張隻身站在月台苦候一列開往東京的列車，連續獲得兩個文學獎的他申請轉職東京成功，他將會跳上火車，然後一切將會徹底改變，他的人生才正要開始。這一年，他四十五歲。

輯二、

密室逃脫，直到世界盡頭

樂園

北朝鮮

飯店是荒山裡唯一的建築。入夜後，三十層樓高的氣派大樓於暗地裡綻放金色光輝，鬼魅得如一則《聊齋》。而飯店也真的叫做西山，《西山一窟鬼》的西山，當然，那與馮夢龍的鬼故事無關，純粹只是它坐落西山山頭，因而得名。西山飯店建於一九八九年，當年乃為世界青年與學生聯歡節參與者提供食宿而建，五百個房間的建築乍看方正，然而內部動線曲折而蜿蜒，二〇一〇、二〇一一、二〇一三、二〇一四，沿途數來連號房間，拐彎，又跳回二〇〇一。走廊不開燈，得摸黑找到牆上面板，打開照明，一盞燈點亮一盞燈，找到回房間的路。

要說西山飯店不文明也太武斷，房間裡除朝鮮電視台，也可收看央視和鳳凰台。打開電視，溫瑞凡雨中抱著小姨子，通姦者喃喃自語，像咒語又像催眠：「精神出軌不算真正的出軌，精神出軌不算真正的出軌，精神出軌不算真正的出軌……」今時今日北朝鮮電視可以看《犀利人妻》，攜帶手機和筆電入境也可以，唯獨裡頭不能裝載南韓影視節目。手機上網，可以，但行前說明會聽聞領隊說五天 1G 流量需三百塊美金，只得嚥下口水，心想五天不上網，當網路勒戒算了。然而洗澡時動念尋思：「手機沒有訊號如廢鐵，加上護照、台胞證都扣在導遊手上，萬一出了事，我在這個城市不就徹底消失了？」正這樣想，頭上日光燈光閃了一下，唰一聲停電，黑暗追上來了。

我在平壤的第三夜。

事情是這樣的：年假期間，參加六天五夜的北朝鮮旅行團，團員加領隊僅僅十一個人的迷你旅行團，卻配置了兩個導遊，普通話說得極好的金小姐和申先生。男女搭配，當然不可能是為了幹活不累，而是相互監督，嚴防對方說出不利於國家的言論。兩人連日帶我們參觀凱旋門、萬壽台銅像、南浦水壩、人民大學習堂、祖國解放戰爭勝利紀念館、國際友誼展覽館、妙香山等景點，一棟又一棟花崗岩建築，全是彎彎曲曲的動線，到後來看了什麼都搞混在一塊了。

參觀少年宮是下午發生的事，趁著記憶還新鮮，在手機上寫下種種見聞：源自蘇聯，共產國家兒童課後才藝中心，號稱三萬坪空間，一千個房間，至多可以容納五千名孩子在這裡跳舞唱歌和畫畫。自妙香山回到平壤，抵達少年宮已是傍晚，金小姐催促著得抓緊時間參觀，天黑了，外面這麼冷，該讓小朋友回家啦。簡直是房仲帶著看屋似的，這個房間打開，一群打著紅領巾的小朋友圍著石膏像素描；下一個房間打開，兒童交響樂團大鳴大放演奏著華格納《女武神》；再一個房間打開，如同打開音樂盒，十來名芭蕾舞者歡快地跳起舞，小舞者甩頭踢腿，咧嘴笑容，動作複製著動作，笑容複製著笑容，舞者也複製著舞者。沒有個別的我，只有我們。

房間，房間，始終是房間。這個房間打開，有孩子唱歌跳舞，那個房間打開，是萬邦朝貢的禮物，中國國家領導人送來象牙、俄羅斯總統送來黑熊標本、非洲某小國國王送來的刺繡……國際上被孤立的國家需要這樣一棟友誼展覽館證明他們有多受歡迎。房間複製著房間，導覽複製著導覽，解說像咒語又像催眠：「這個少年宮（圖書館、禮品館），原定三年（五年、十年）完成，但軍民感念金日成主席（金正日將軍，金正恩元帥），軍民上下一心，不眠不休地趕工，不到一年時間就完成了。建築裡有一千個房間（三千、五千），可以展示三千萬本書（十萬種武器、一百萬種禮物），全部看完要十天（一個月，一年）」，括弧可以填上任何的景點，觀光客只需要走進房間，把自己放進括弧裡，拍照，填空，然後離開。括弧的房間是花崗岩打造，冰寒如冰箱，打開是明亮豐饒的幸福生活，關起門則是永恆的黑暗。

我們在彎曲的走廊裡兜兜轉轉，迎面走來一個小小芭蕾舞者，往洗手間的方向走去。小女孩臉上沒有剛剛在房間裡看到的快樂笑容，只是低著頭，快步通過。陸續參觀了幾個房間，然而更多沒有打開的房間裡是什麼？可會是《平壤水族館》、《我們最幸福》裡脫北者對大饑荒不堪回首的回憶？北朝鮮一九四八年建國後，仰賴蘇聯援助的特惠糧食度日，九一年蘇聯解體，老大哥自顧不暇，又逢一九九五年水患，天災加上人禍，等於四年饑荒。饑荒是無法直呼其名的佛地魔，官方報紙不肯面對現實，略略提到國家有狀況，號召民眾像金日成當年率領抗日游擊隊在滿洲同日本軍隊鬥爭一樣，進行一次「苦難的行軍」。此後，「苦難的行軍」變成饑荒代名詞。由於鎖國，學者們從不同的文獻交叉比對，死亡人數從二十四萬至三百萬，眾說紛紜。

彼時，百姓以松樹樹皮磨成細粉取代麵粉，從農村動物的排泄物中挑出未被消化的玉米粒果腹。當年任教於幼稚園的脫北者美蘭說，孩子沒法帶午餐上課，上課時總趴在桌上睡覺，臉頰貼緊木桌，她扶起孩子的臉，孩子腫脹的眼皮緊閉著，頭髮散落在她手上，摸起來粗糙而脆弱。孩子隔天就沒來上課，永遠地消失，也沒人有力氣問為什麼，「一九九〇年代的北韓，為了生存下去，人們必須狠下心不跟別人分享食物。為了不讓自己發瘋，必須裝做漠不關心。」饑荒開始的時候，美蘭班上有五十個學生，三年後，只剩下十五個。

脫北者宋太太說，兒子因營養不良住院，醫生寫了一張盤尼西林處方箋，當她到市場時才發現藥價高達五十圓朝鮮幣，相當於一公斤的玉米的價格，在盤尼西林和玉米之間，宋太太選擇了玉米，她活下來了，餘生活在內疚中。災難結束了嗎？網路上讀到二〇一三年北韓有男人殺子果腹的消息，內容農場新聞真假難辨，桌上熱騰騰的飯菜堵住了我們要說出口的疑惑。餐桌上，有人蔘雞，有平壤冷麵，有玉米煎餅，一桌人吃得眉開眼笑，說此處口味清淡，不油不辣，適合台灣人。席間有少女歌舞表演助興，唱〈阿里郎〉，牆上懸掛著金日成和金正日肖像，微笑看著這一切。

金氏父子的笑容無所不在，笑容在餐廳、地鐵、少年宮高高懸掛的肖像上，笑容在萬壽台廣場銅像臉上，銅像建於一九七二年，金日成主席六十大壽之際。抵達平壤第一件事即是到萬壽台獻花和鞠躬，金小姐說：「金日成主席是國家的父親，黨是媽媽，我們都是北朝鮮的孩子，遠行的男女出門或歸來都要來此秉告爸爸。曾經有一名外國記者在這裡看到一個小男孩鞠躬，就問男孩這銅像多重啊？欸，也沒人教這個小男孩，但他就說，北朝鮮全體上下把熱愛主席的心臟挖出來的總和就是銅像的重量。」金小姐說到激動處，嗓子都啞了，簡直都快哭出來了。

景點複製著景點，導覽複製著導覽，這一天，遊覽車繞過了萬壽台（每天早上都會繞到這裡來，無一天例外!!!），然後開往板門店。我們被帶去參觀共同警備區、參觀韓戰停戰談判簽字的地方，也去看了絕筆紀念碑。金小姐這次真的是哭出來了：「一九九四年七月八日凌晨兩點，金日成主席在毫無病徵之下突然辭世。當夜，他還在挑燈批改一份與南朝鮮進行統一會談的文件，閱畢後還在文件後簽上自己的文字和日期，真正是你們普通話說的鞠躬盡瘁，死而後已了。為了感念主席的偉大，國家特別在這裡立碑，紀念碑上的阿拉伯數字

1994.7.7，就是我們偉大領袖金日成主席的親筆簽名，也是千古絕筆。」

行程第一天參觀了萬景台金日成誕生的農舍，最後一天參觀絕筆紀念碑，1912.4.15~1994.7.8，六天五夜走完金日成八十二年的人生，也算有始有終。然而在君父的城邦，時間並非自耶穌誕生那年算起，北朝鮮在金日成出生那年創世紀，雖然農舍整治得也挺像耶穌誕生的伯利恆馬槽。西元一九一二年等於主體元年，主體一〇六年二月三日，我們從板門店回到平壤，行程即將結束，金小姐在遊覽車上嚷著好可惜：「這次沒有玩到牡丹峰的凱旋青年公園，那裡面有海盜船、雲霄飛車，還可以看猴子騎單車，那個公園號稱是北朝鮮迪士尼，可好玩了，但天意要各位嘉賓下次再來玩。」

遊覽車窗望出去，層層疊疊的大樓，乾淨的街道，交通女警美貌得可以去參加少女時代……眼睛看的是風景，耳朵聽的是金小姐的解說：孩子課後學芭蕾學小提琴都不用錢，國家栽培到大學畢業。這棟大樓是給藝術家住的，那棟大樓是給退休老師住的，那一整棟大樓是等南北韓統一，給南朝鮮同胞住的。

沒玩到北朝鮮迪士尼其實也沒什麼好可惜的，這個國家本身就是一個巨型遊樂場，共產主義的主題樂園。

數天前，鑽進了平壤地鐵站，我的確在心裡哇了一聲。世界陡然一亮，巴洛克挑高穹頂，七彩雕花玻璃吊燈，牆上巨型金日成主席接受萬民擁戴的巨型壁畫似乎要用光了這個國家所有的水彩顏料，壁畫上每個人的笑容那樣鮮豔，那樣快樂。從「復興站」坐往「榮光站」，又是另外田園牧歌的風景，小小的電車來來去去，簡直是迪士尼小小世界。榮光站下一站是什麼？因為禁止前往，我們並不知道。

何嘗不想趁夜溜出去一探究竟？然飯店是荒山裡唯一的建築，最後一夜，綻放著金色光輝的三十層樓高跟前夜一樣唰一聲斷了電，黑暗外面還是更大的黑暗，什麼也看不到，也沒什麼好看的。

（九歌一〇六年散文選文）

莒哈絲，請留步

寮國．龍坡邦

船隻航行於黃昏的湄公河上。暮色四合，如一只口袋將白晝收束起來，隔岸古廟點燈撚亮了夜，那樣的時刻就想起了莒哈絲（Marguerite Duras）。

以童女之身與中國情人相戀的莒哈絲，以愛衝撞一切不可衝撞的，違逆一切不可違逆的，除了那個法國女人莒哈絲，不然我還能想起哪個莒哈絲呢？我在寮國龍坡邦旅行，莒哈絲在越南度過她的童年時光，兩地相去十萬八千里。然而也許是阡陌交錯的沼澤水塘和田埂小徑，也許是鐵花柵欄的法式洋房和花園，也許是那些地方統統叫做印度支那，都是法屬殖民地的一部分，小說《情人》（*L'Amant*）的句子和劇情總像一首流行歌的旋律，在我的腦海中揮之不去。

莒哈絲的越南童年回憶今時今日已在人工霓紅燈、在連鎖國際飯店裡斷了氣，但寮國因低度開發的緣故，龍坡邦這北寮山城仍封印往日的美好時光。它和吳哥窟一樣是聯合國文化遺跡，可是當大小吳哥都被觀光客踩成了廢墟，這裡百工勞動六畜興旺，綻放的九重葛衝出佛寺圍牆，花開滿枝，一磚一瓦猶有呼吸。

船隻停泊於黃昏的湄公河邊，一批一批的遊客從帕島千佛洞（Pak Ou Caves）、從廣西瀑布（Kuang Si Waterfall）遊歷歸來，最後一批上岸的是從泰國清邁搭兩天的慢船。我坐在河畔喝寮國啤酒，痠痛和疲憊如同暮色在身體渲染開來，但心情是好的。如果我會吹口哨，可能就會開始吹起Lou Reed的〈Perfect Day〉，美好的一天，「美好的一天，我們在動物園餵動物，接著去看場電影，然後回到家裡，美好的一天。」

美好一天從皇家博物館（Royal Palace Museum）開始。

博物館庭院有個貌似洪金寶的銅像，那是Savang Vatthana，昔日寮王國的王。庭院中兩層樓的法式洋房就是他的王宮故居，裡頭陳列著他的寶劍、皇冠，以及如同窮親戚一般，蒐集了一櫃櫃來自世界各國的禮物，如太空船阿波羅的各式拋棄物，如廣島市市鑰。也許是這國家窮，王宮顯得樸實簡單，然而一九七五年，當寮人民民主共和國成立，國王和他的家人仍被無情地流放到北方山區，從此再也沒有回來過。王朝如煙消逝，只剩下宮殿。

皇宮正對普西山（Phu Si），順著三百五十階石階爬到頂巔，即可眺望整個龍坡邦。在我面前，地平線上閃閃發亮是湄公河，在我身後是南康河（Nam Khan），這個海拔三百五十公尺的山城就在兩河交會處興旺起來。山城隱匿在層層的綠意，竄出綠色樹海的是尖尖的佛塔，大大小小三、四十座。十三世紀忽必烈南征，逼得長居雲南的傣族人沿著湄公河遷徙到龍坡邦，建猛瓦斯國；十四世紀時，流亡吳哥王國法昂（Fa Ngum）國王，從柬埔寨歸來擊潰其祖父，創瀾滄王朝，且將小乘佛教引進，並將佛像、高僧與建塔的匠師、塑佛的金師、雕刻師迎入朝中，自此山中日月以佛曆計算。

爬上山，又爬下山，從路的這一頭走到路的那一頭，美好的一天。普西山和皇宮夾著最熱鬧的街，是 Sisavangvong 路。開餐館的、開民宿、開酒吧的，畫廊左邊那家攝影工作室，右邊那家開餐廳的，都是這樣的老外，來了就走不了。美好的一天吃了美好的食物。在龍坡邦不愁沒有好東西吃，香蕉可麗餅、河粉，路邊攤處處是驚喜。

坐在街頭吃零食，迎面而來幾個人，剛從廣西瀑布回來。那是在大象學校認識的英國夫妻，他們對我說：「你說的很對，那邊確實很漂亮。」廣西瀑布位龍坡邦南方三十二公里，裡頭還有一個亞洲黑熊的收容中心，是龍坡邦人的私房景點。前天也去了那裡，在森林裡走著，撲面而來清冽的空氣和微風，看野熊保護區裡的熊酣睡，來到瀑布從樹上往下跳，那是另一個美好的一天。而今天，我只想在街上無所事事的亂晃。

交錯的小徑，鵝黃、粉紅、寶藍，色彩鮮豔的童話小屋，遍地曝曬的米粒與年糕，身著制服的小孩在巷弄踢球，台階上幾名少年纏著一名老外彈著吉他唱著歌。邊走邊看，然後就走到了香通寺（Wat Xieng Thong）。

建於一五六〇年的皇家寺廟富麗堂皇，低低的屋簷簡直要垂到地面是特有的寮國建築風格，紅底藍磚拼貼生命樹是當中最有來頭的創作，彷彿出自幼稚園小童手筆的壁畫，天真可愛地訴説佛的悟道寂滅，講三世因果。我偶爾低頭看看手中的《Lonely Planet》，偶爾抬頭看看層層交錯的主殿，偶爾看看庭院灑掃的小和尚，然後就走到湄公河邊喝著啤酒發呆，直到日落月昇，美好的一天。

美好的一天不會這麼快就結束的。夜來了，手藝人也從城的四方湧來了，他們在皇宮博物館前門大街把大花布一攤，賣起手工名信片、紮染沙龍、油畫上佛的拈花微笑，沒有盜版好萊塢大片、山寨Nike球鞋，琳瑯滿目的工藝品是手藝人對美好生活的想像。眾生對大環境或許無能為力，但退到花布上，他們是宇宙的主人，在攤販編織完一雙涼鞋，縫好一條裙子也就重新發明了自己。

市集中一盞盞的燈泡匯集成一片黃金海洋。燈火輝煌處，是手藝人的集體創作，眾人以黑暗夜色當布疋，用燈泡金色光芒當絲線、將臘染、漆器、巫毒娃娃一樁樁縫上去。異地眾生的斑斕刺繡在夜晚綻放的光彩。

一群小女孩低伏在花布上賣小狗別針、小貓胸章、上面用英文繡著「我們是好朋友」、「我喜歡你」，一只約莫十塊錢台幣，瞥見一堆幸運手環，剪裁成手錶的外觀。布手錶，是某一種引喻，分秒寸金的時間變成一疋柔軟的布，將龍坡邦的光陰喊停，一天即是永恆，美好的一天。

吉田修一指南

日本・東京

步出羽田機場，跳上一列開往濱松町的東京單軌電車，也就跳上了吉田修一的小說世界。

電車駛入港南的中洲地帶後，緩緩通過倉庫街道上方，在大樓之間穿梭而行，並且從小小的兒童公園上方行駛而過。不知為何，無人的鞦韆正大幅度地擺盪著。時常可見的流浪漢也不見蹤影。傍晚時分，窗外風景就如小說所形容的那樣冷清，繁華大都會成了荒涼遊樂園。一九八六年，十八歲的小說家離開長崎來到東京讀書，同樣搭飛機至羽田轉電車進城。

小說《橫道世之介》的十八歲青年出門遠行，肩上揹著行李，搖搖晃晃走出新宿車站，廣場上看到小明星正在銷售口香糖，以為是冒牌貨，未料真是本尊，「在東京，本尊看起來就像是冒牌貨」，十八歲的青年心下暗自下了結論。隔天，我見吉田本尊，第一個問題即：「對東京第一印象為何？」

小說家回話就和他小說裡的句子一樣簡潔，沒有多餘的形容詞和情緒。然而回話時專注地凝視著我們，一臉誠懇，假使茶几上擺著一瓶三得利，或手握一枝萬寶龍，就是烈酒或鋼筆廣告，簡直是個明星。

而他確實擔當得起明星作家的頭銜。約在出版吉田作品的文藝春秋出版社採訪，日本文學界最高榮譽芥川龍之介獎即這家老字號出版社舉辦，該出版社出版品質量兼具，日本二〇一三年上半年最暢銷的文學書，村上春樹《沒有色彩的多崎作和他的巡禮之年》，發行量一〇五萬冊，正是他們家作品。日本文學書初版印量不過數千冊，銷售破萬冊便可稱暢銷，一〇五萬冊，那是何等驚人的數據。吉田修一創造的銷售數字也不遑多讓——《惡人》從二〇〇七年出版至今銷售二二三萬冊。

運動嗎？「游泳。健身。只要可以把自己弄得濕漉漉的活動都喜歡。」運動時會想寫作的事嗎？「不會。」你當過游泳教練？「是的，大學打工的時候教小朋友游泳，但證照過期了。」我岔出心神留意他白襯衫款式和西裝褲筆直的燙線，盤算著是否要自我放棄，乾脆學日本偶像雜誌，問他喜歡什麼顏色和食物算了，但我聽見我問出的問題卻是：「如果被媒體拍一張醜照片，跟發現對方寫了一篇爛訪問哪個比較無法忍受啊？」「都一樣討厭。」

他太神秘了。不上電視受訪，網路上也幾乎搜尋不到他的照片，傳來傳去都是那幾張黑白照片：抿著嘴，下巴隱約出力，彷彿蚌殼一樣不肯讓秘密吐露。可網路上流傳著一張舊照，他坐在公園噴泉前，戴帽子，身穿寬鬆條紋Polo衫，卡其褲，雙手交握擺在大腿上，像是被一副隱形的手銬銬住了，臉上羞赧地笑著，鄉下青年大城市到此一遊的神情。

無論笑容再怎麼無懈可擊的明星，後來都會流出高中糗照。人都有過去的。

那個裝扮像極了帶著大理石底座桌鐘和抹布進京的橫道世之介，又像是《天空的冒險》描述自己赴東京讀書後第一次返鄉的穿著。他說，返鄉最佳伴手禮就是自己，為展現在城市中的歷練和成長，會刻意穿上都市才有的品牌襯衫和帽子。當然，與我們面前有型有款的明星小說家相較，這份「伴手禮」包裝是愈來愈精美了。

何以到東京來讀書？他說東京有許多書和電影，這是長崎所沒有的，中學填選志願就鎖定東京大學。言下之意彷彿青春期是個無書可讀，無電影可看的苦悶少年。《最後的兒子》裡男主角返鄉，發現長崎老家改建，自己房間窗外原本被大樹擋著的風景變成港口，男主角感慨地說，假使少年時期的房間打開窗就可見海，他就不會想去東京了。我拿同樣的問題問他：「青春期的房間打開窗可以看見什麼？」

「墳墓。」他說。他補充老家是酒行，他住在倉庫二樓，家裡排行老大，還有一個弟弟，目前繼承家業。都看些什麼書呢？他答在校是游泳社，整個高中都泡在泳池。原本不怎麼看書，但有一次在圖書館等人，同學遲到，他隨意從架上抽出一本法國詩集，本以為會很枯燥，沒想到怎會這麼好看。從此會刻意找一些翻譯詩集或小說來看，但他也沒跟別人分享，因為讓社團夥伴知道他在讀書感覺會很不好意思的。

他沒有直接回答受了哪些作家啟蒙、喜歡誰的作品，宛如一個廚子小心翼翼保護著自己的秘方，但其實小說已經洩漏一切——處女作《最後的兒子》裡那個短篇故事〈Water〉，男孩讀著法國同性戀詩人尚．考克多的《白色之書》。小說家怕我把小說人物與他自己搞混，強調：「我不是那種只寫自己所想、自己所經驗的事物，我只是把自己所看到的、所觀察到的，遠著距離寫下來。」

然而從他給出零碎的事實，實在很難不聯想到〈Water〉這篇小說。故事描述小鎮中學游泳社團裡一群男孩的青春騷動。小說主角和吉田一樣，家裡開酒行，家裡同樣有兩兄弟。但小說與現實不同的是，游泳社團裡彷彿王子一樣受歡迎的長子死了，弟弟只有把哥哥的喜悅當成自己的喜悅，加入游泳社，幫哥哥活完未竟的青春歲月。現實裡，游泳池的半裸男孩，把小說當成西裝白襯衫當偽裝穿上身，變成了另一個人。

「那現在呢，現在住的地方窗子望出去又是什麼？」「欸，窗子看出去是什麼啊，很多很多東西啊……」他喃喃自語，然後說：「赤坂御所。」那裡，是皇太子住所。窗外風景由墳墓變成了皇室林園，長崎酒行的長子，變成了明星小說家。

東京儼然是故鄉了，他在旅遊散文《天空的冒險》寫說：「回想高中畢業到東京的經驗，第四個月返鄉，有一種『去了一趟東京』回來的感覺，可是十二月的返鄉，那種感覺已經變成了『我住東京』。」

總結東京生活感受？「每天都很快樂。」標準的偶像回答。但應該不是這樣的，鄉下青年進京，從大學畢業後到發表一九九七年發表第一篇作品，中間相隔七年，他打著各式各樣的零工，冷氣清理工人，酒行搬運工人……一邊從事體力勞動，一邊寫小說。「不是想成為小說家，而只是單純一個寫小說的人。把自己觀察的，所見所聞寫出來。」他說。

無論讀書或寫作，對他而言，都是一個難以對人啟齒，心愛的小遊戲。沒有跟誰說，也沒有把作品給誰看，然而對這城市卻有這麼多感覺要抒發。那聽起來無比寂寞，事實上，他的作品裡也充斥各式各樣的寂寞：單身ＯＬ的寂寞、大學男生的寂寞，小說《惡人》裡殺了人的建築工人和西裝店女店員寂寞到皮膚都發痛，兩人相遇了，性交如兩塊石頭撞擊般地激烈，無非想擦撞出一丁點火花取暖。

他偏愛讓那些沉默寡言的工人在小說裡承受人在離鄉的無奈和徬徨，他寫他們粗魯率真的對話，寫他們流汗的身體和性慾，如臨現場。他說和這樣的人往來比較容易一些，那樣日出而作，日落而歸的作息是他所羨慕的。所以作家一天的作息是什麼啊？「每天睡到中午，去健身房運動游泳，靈感來了就寫小說，沒有靈感就到處晃晃。發呆。這樣的態度大概一年也都可以寫出一本小說吧。」

從一個四十幾歲的男人口中聽到「我喜歡發呆」的話感覺真微妙。但他繼續說道：「我喜歡看著地圖發呆，各式各樣的地圖。無論是飛機航線圖、地鐵圖都喜歡。Google Maps 剛出來的時候，我可以從早看到晚。小學新學期發新課本，我總是先拿起地理課本，研究那些花花綠綠的地圖。」耽讀地圖的人必然幻想著生活在他方，我連忙追問：「所以你在長崎家裡很不快樂囉？」他愣了一下，然後說：「那是以前，現在不會了。我現在跟家裡關係很 close。」

喜歡閱讀地圖的人，也幫 ANA 機上雜誌寫專欄，他每個月旅行一次，短則兩三天，長則一星期，不帶相機的旅行，只用眼睛看，用耳朵聽。最喜歡的地方？「台灣。平均一年會去個兩三次。光是今年就三次，我去台灣的次數都比回長崎還多了。」他說。

他說喜歡台灣，可不是偶像明星說我喜歡小籠包或珍珠奶茶那種隨便說說，他把對台灣的喜歡寫進了小說《路》，小說以日本人在台灣協助蓋高鐵為主軸，展開四組人馬的感情故事。筆下台灣彷彿出自情人眼裡一樣美好，他說台北仁愛路林蔭大道，好似馬路開在森林之間，有置身南國森林的感覺。敦南誠品門口午夜年輕人擺攤，如日本夏天廟會，錯過回家時間的年輕人在廟門口殺時間，氣氛如此悠哉。

他的編輯齊藤有紀子在旁補充，一回他受日本媒體採訪，被問最想在海外哪裡置產？他二話不說就說台灣。他把東京寫得這樣疏離寂寞，卻把台灣形容得如此美好悠閒，好到讓我們以為他是不是跑錯了地方。我們每天上臉書、看新聞，都以為下個禮拜就要亡國了，如今一個異鄉人坐在我們面前說台灣有多好，那真是一件又傷感又美好的事。

他陳述對台灣的喜愛，看著他大拇指紗布，我終於忍不住問那是怎麼一回事？他解釋老家長崎盂蘭盆節，百姓習慣把供品放置在木頭小船，送中元歸鄉的故人亡魂返回極樂淨土，他在節慶放鞭炮不小心炸傷了手指。「你在老家還有自己的房間嗎？」我問。「沒有了。現在回去都睡客房。」恍惚的剎那，我似乎看見他的眼神黯了一下。

中元節的亡魂還陽，在後人的祝福中滿載而歸，異鄉人返鄉後卻發現永遠失去了自己的房間。

給村上春樹的諾貝爾套裝行程

瑞典・斯德哥爾摩

四千三百萬元新台幣的獎金，閃爍的金幣獎章，說諾貝爾獎是地球上最風光的一個獎也不為過。在斯德哥爾摩音樂廳風光領獎，市政廳快樂享用晚宴，這些事似乎離我們很遙遠，可音樂廳和市政廳，跟 7-11 一樣人人都可以進去，諾貝爾紀念館可以點到和晚宴一模一樣的冰淇淋，買到金幣巧克力，通往諾貝爾的路途想來也並非這樣難行。

二〇一一年，十二月十日，詩人托馬斯・特蘭斯特羅姆（Tomas Tranströmer）來到斯德哥爾摩音樂廳。過了今夜，他的名下將會多一筆一百萬瑞典克朗（約四千三百萬新台幣）的財富。他的書會出現在百貨公司玻璃櫥窗、街頭書報攤，封面寫著：「二〇二一年諾貝爾文學獎得主」。

這位幸運兒大半輩子不過寫了兩百多首詩，換算下來，等於一首詩價值二百二十萬新台幣。說這是地球上最風光的一個獎也不為過，每年十月開獎後，總有許多是非和耳語：誰值得，誰不配。親愛的村上春樹先生，您的名字每逢這個季節便會不斷出現在輿論和賭盤。那其實是上帝擲骰子決定出來的結果，與實力並無關聯，命運有一天會帶您來此，但在這之前，容許我為您導覽一次諾貝爾套裝行程，當作排練，或者，過過乾癮也好。

首先，你會看到一片森林，廣袤的森林。

飛機。輪船。火車。來到這城市的方式有許多，但窗外眺望出去的風景只有一種。設想你是由歐陸某城市搭火車前來好了，進入瑞典境內，松樹林綿延好幾百公里沒完沒了，你開始懷疑自己是否鑽入某篇格林童話中的厄夜叢林再也出不來，你打了個呵欠，眼油汪汪中看到了成片成片玻璃鋼筋大樓，中央車站（Stockholms Centralstation）到了。

第一站，Grand Hotel。濱臨港灣，與皇宮相望，這棟文藝復興式的氣派建築於一八七四年開業，它曾是你的前輩們領獎和接受款待之處，後來頒獎和晚宴場所分別移到音樂廳（Konserthuset）和市政廳（Stadhuset），但唯一不變的是你們仍下榻在這個漂亮的大房子裡。

備受禮遇的你必然有專車接送，但你想四處逛逛，多認識這城市。想搭計程車去？別鬧了，斯德哥爾摩物價高得驚人，一瓶六百CC的罐泉水約莫一百元新台幣（但瓶子回收，兩千CC的瓶子也有二十元，不想寫作，倒是可以撿瓶子糊口），一份麥當勞四百元，計程車堪稱每秒計費，一秒鐘五元新台幣上下。走路吧，出了車站，往西，沿著皇后大街（Drottninggatan）走二十分鐘就到了。

皇后大街延續到舊城區的Vasterlanggatan及Stora Nygatan大道，是這個城市最繁華熱鬧之處：老字號NK百貨公司、葛麗泰．嘉寶曾在此當過帽子售貨員的PUB百貨、H&M旗艦店，商場裡永晝般的光輝照耀著美麗的衣衫，處處流著奶與蜜，這是資本主義應許的天堂，窮人要進來比駱駝穿過針眼還要困難。可時值聖誕節，原本展示Prada和LV的櫥窗換成了聖誕老人的裝置藝術。口袋裡沒錢的移民者，手提購物袋的貴婦，全挨在一塊欣賞，那快樂見者有份。

對了，PUB百貨正對面，農夫市集旁，有一棟藍房子，那正是您接受榮耀的音樂廳。這棟貌似希臘神殿的建築平日是斯德哥爾摩皇家交響樂團總部，被譽為最接近北極圈的音樂聖殿，可誰能想到它就在農夫市集旁呢？室內名流貴族端坐聽古典樂，室外農夫與家庭主婦你來我往的攻防，這城市開放給天才，也開放給市集上討價還價的歐巴桑。

您終於來到了Grand Hotel。水畔的文藝復興宅子與它的美麗倒映，港邊停泊著許多小船，更遠方的島嶼彼此保持著距離，被湖水區隔得很瀟灑。那湖光水色提醒著你這個由十四個島嶼構成的城市，它「北方威尼斯」封號並不是叫假的。時間許可的話，你可跳上飯店門口碼頭的遊輪，來往於波羅的海和梅拉倫湖（Lake Mälaren）之間的公園，教堂和名勝。船上的語音導覽說：「十三世紀海盜猖獗，瑞典人為保衛內陸貿易中心烏普薩拉（Uppsala），築起高樓城牆，這是這個城市的起源……」這些高樓碉堡就是我們下一站要去的舊城區（Gamla Stan）。

舊城以斯托德蓋特（Stortorget）廣場為中心，細長蜿蜒的巷弄如年輪一樣將舊城團團包圍。北國冬天沒有日正當中，太陽始終以四十五度角斜射峽谷一樣的舊城街道，光束中的金色灰塵讓這地方有一種黑色電影般的質感。電線桿與基柱有些坑坑疤疤，想來是因為巷弄太窄，粗心的司機倒車留下的痕跡，然而瑞典皇宮隱匿在這窄巷當中。正午時分皇家衛兵的交接是舊城區的重頭戲：轟隆隆的腳步聲從街頭轉角傳來，一隊衛兵大踏步行進，金色的頭盔擦得閃閃發亮，神氣得不得了。

比鄰皇宮的斯托德蓋特廣場上有一排造型奇趣，色彩繽紛的山牆屋，你從旅遊書得知ABBA合唱團曾在這房子前拍攝唱片封面，你迫不及待地想要按下快門，但請等一下，你若熟讀歷史，應當知道這個廣場曾是斯德哥爾摩大屠殺的歷史現場。一五二〇年，丹麥國王克里斯蒂安二世在此加冕，他在廣場殺死八十二名反對瑞典和丹麥合併的貴族。是的，血淋淋的人頭就掛在那些可愛的房子上。歷史是不可理喻的，諾貝爾發明炸藥成為巨富，他死後捐出錢財贈與那些對人類文明有貢獻的學者們，然而在上個世紀兩次世界大戰中，造成地球上近千萬的人口死亡也是這些炸藥。

諾貝爾紀念館位在斯托德蓋特廣場上，紀念館用聲光文字詳述諾貝爾獎歷史、得獎者介紹及其成就。你專注看著牆上無聲播放歷屆頒獎典禮，螢幕上大江健三郎領過一紙證書和一枚金幣獎章，行禮如儀戒慎恐懼，但你看出來了，他臉上掛著一抹幾乎偵測不到的微笑，典禮之後，他將前往市政廳享受晚宴。

是了，華麗的市政廳，斯德哥爾摩的地標，你在旅遊書上看過太多關於這個建築的介紹：一〇六公尺的高塔、哥德式的窗子、拜占庭風格金色裝飾，用了八百萬塊紅磚打造，種種不同建築元素揉合在一塊卻毫無違和之感。但旅遊書不會告訴你，這個晚宴場子僅有四個籃球場大小，當天卻要塞進將近千名賓客，每個人活動範圍不過四十平方公分。

紀念館展示由瑞典人氣品牌 Rörstrand 設計的晚宴餐具，因為太過名貴，每年晚宴總有人順手 A 走桌巾刀叉。市政廳附設的 Stadshus Kallaren 可以吃到和大江健三郎一模一樣的晚宴，平均一餐約七千元新台幣。諾貝爾晚宴吃不起，但在紀念館的 Kafé Satir 咖啡館來一客晚宴冰淇淋也是不錯的選擇。高腳杯盛著三球冰淇淋，上頭點綴一枚仿諾貝爾獎章金幣打造的巧克力，冰冰涼涼的，原來勝利的滋味竟是這樣。

這款金幣巧克力紀念館禮品部門也有賣的，一袋十枚，約一千元上下。禮品店陳列著歷屆諾貝爾文學獎作家的作品，站在書架前，你衷心期盼你的書可以出現在這裡。但關於得獎我要說的是，我不喜歡你，就算你得了一百次諾貝爾文學獎，我還是不喜歡；我愛你，就算你的書在諾貝爾書局滯銷，我也會全數買回，一直陪你到地老天荒。

北極特快車

芬蘭・羅凡尼米

由瑞典斯德哥爾摩出發，開往芬蘭赫爾辛基（Helsinki）的 Viking Line 郵輪，靜靜航行波羅的海上。上午八點鐘，太陽還在睡，寶藍色的黑暗襯著枯樹，遠方小島木屋有燈亮著。樂隊撤了，人潮散去，派對已結束，甲板上散落一地的啤酒瓶和菸蒂。

舞廳、酒吧、賭場、三溫暖，想得到的聲色娛樂這船上都有。因為免稅，男男女女如海盜一樣，從商店扛出一箱箱的啤酒威士忌，有準備在舞會上痛飲的，有準備帶回家囤積的。瑞典人去芬蘭觀光，芬蘭人在瑞典觀光後返回芬蘭，去哪裡不重要，重要的是船上酒水比陸地上便宜八折，但開水除外。拿保溫瓶裝水泡茶，一杯熱水要半塊歐元，換算新台幣約莫二十元，我在心裡將新台幣換算成瑞典克朗，再將克朗換算歐元，瘋狂的物價讓人驚心動魄，心中喃喃自語：「能看到極光一切都值得了，能看到極光一切都值得了。」反反覆覆像咒語，又像催眠。

行程如此安排：搭十四小時飛機台北轉機曼谷到瑞典，再乘十二小時船抵芬蘭，從那兒再坐一夜火車到八百公里外的羅凡尼米（Rovaniemi）看極光，舟車勞頓還不保證看得到，我並非去拉斯維加斯，但這趟旅行卻另有一種豪賭的心情。上午十點半抵赫爾辛基，搭四號電車進市區，車站買了下午七點二十五分發車的火車車票，大半天的時間逛逛烏斯佩斯基大教堂（Uspenskin Katedraali），看看艾斯普拉娜蒂公園（Esplanadi），時間是綽綽有餘了。

赫爾辛基雖為一國首都，但城市不大，以中央車站為中心，僅徒步即可走完多數景點。俄國帝政時代，沙皇亞歷山大一世因厭惡當時首都土庫離瑞典太近，於一八一二年遷都距聖彼得堡較近的赫爾辛基，因而城市有濃濃俄國風味。寬敞的大街，鮮少看到行人，處處是新古典主義風味的建築，方方正正的建築和窗，城市理性而節制。

當然也按著日本權威旅遊書《地球步方》推薦，在芬蘭設計博物館旁的Ravintola Sea Horse吃鮭魚。這個一九三四年開幕的老字號餐廳是老芬蘭人最愛。點了奶油鮭魚，是最家常不過的料理，可那鮭魚捕撈自清澈且無污染海洋，肉質柔嫩鮮甜，淋上熱騰騰的鮮奶油，口腔感受鮭魚彈牙的口感與鮮香奶油完美結合，攝氏零度低溫中，能在暖烘烘的房子裡吃到這樣熱騰騰的食物，誰能說不是一種天大的幸福？

七點半的耶誕老人快車，開往羅凡尼米，餐車玻璃上貼著耶誕小精靈的剪紙，頗有節慶的喜氣，但整節車廂空蕩蕩的，臥鋪裡的枕頭、棉被彷彿剛從冰箱拿出來。搖搖晃晃走到餐車，四、五名乘客捧著酒杯各自發呆，每個人看上去都像是賭輸了錢，無心與人交談。無趣地折回車廂，把鼻子貼在冰涼的玻璃窗上，窗外一片漆黑，什麼都看不到。在瑞典被偷走了整個書包，無書可看，無音樂可聽，長夜漫漫不知如何打發，縮在棉被與眼前黑暗無言相對，心裡喃喃自語：「能看到極光一切都值得了，能看到極光一切都值得了。」旅行不是召喚夢境，就是把自己逼瘋，或者，兩者皆是。

抵羅凡尼米，來到旅館放行李，捱到上午十點，天亮了，搭公車往耶誕老人村。望著窗外風景，陽光斜照冷酷異境，心怦怦跳了起來，搭十二小時飛機，乘二十小時輪船，再坐十二小時火車，公車終點就是北極圈，距台北七千八百零四公里之外的北極圈…下車之前，閉上眼睛，深吸一口氣，「這就是了。」再張開眼睛，然後，看到 shopping mall。

水泥地上標線界定北極圈位置，北緯 66°34'，上頭是連棟木屋，鑽進去看到各色耶誕玩偶，當然了，多數 Made in China。小屋最深處是耶誕老人辦公室，一群小朋友排隊等著與一個紅衣白鬍男合照，眼睛綻放著光彩。對童話深信不移的，那男人就是耶誕老人；不信的，那就是一個斂財的糟老頭，拍一張照要一千塊新台幣？別開玩笑了！面對這一切，我心裡喃喃自語：「能看到極光一切都值得了，能看到極光一切都值得了。」

回程順道去北極博物館，看北歐原住民薩米人生態展覽，返飯店，下午三點半，窗外已是午夜，號稱世界最北端的麥當勞和H&M霓虹燈暗夜中傻傻地亮著，沒來由想到《大亨小傳》中的句子：「在靈魂的漫漫長夜，每一天都是凌晨三點鐘。」時差和夜長晝短的日照混淆了時間感，拚命忍著不去睡，直到晚上九點飯店有人通報，極光旅行團的車子已在樓下等候。

兩個日本女孩，還有我，一共三個乘客被載往荒郊野外，在一處結冰湖畔等候極光。導遊解釋：「在以前，愛斯基摩人認為極光是鬼神引導死者靈魂上天堂的火炬，現代人知道極光是地球高緯度的特有自然現象。但你們不可吹口哨，不可鼓譟，不然可是會把極光嚇走喔。」瑟縮在火爐旁，我環臂拚命地摩擦著自己身體：「那請問？你今年？看到？幾次？極、極、極光了？」說出口的每一句話都抖得厲害。女導遊笑瞇瞇地回答我：「四次呢。」「嗚呼！」聽到這句話，不能鼓譟，我只能在心裡這樣歡呼著。一個小時過去了，兩個小時過去了，三個小時過去了，然後，下起雨來，冰凍的雨下在冰凍的湖，也下在冰凍的心上。

一切都結束了。

又是十二小時火車、二十小時輪船，折返芬蘭和瑞典。心情宛如在賭場豪賭輸光了旅費。西貝流士公園？沒勁，美術館？沒勁，等船的空檔哪裡也不想去。

地圖上，車站附近有個洞穴大教堂（Temppeliaukion kirkko），打算就在教堂發呆打盹，把一天消磨掉。教堂位城市北端，完成於一九六九年，乃開鑿巨岩在其內部建造而成，外觀低調到我在門口徘徊三次才找到入口，推開門，一群孩子在老師的帶領之下練唱著耶誕歌曲。純淨嗓音真悅耳，不由自主地坐下來，圓形空間的音效極好，孩童嘹亮歌聲如白鴿拍翅，在教堂裡飛到東飛到西，也飛到自己心裡。以為全盤皆輸，最後一枚銅板萬念俱灰地投到吃角子老虎機，陽光嘩啦啦從圓頂天窗流瀉而下，柔和了石頭粗糙表面，也柔和了自己失意賭鬼般的一張臉，閉上眼睛感覺那暖烘烘的陽光曬在自己的眼皮，嘴角不由自主地上揚。旅行迷人之處即在我們不知下個轉角會碰到什麼，以為行到絕處了，拐著彎，極光也許早就埋伏在那兒了。

每個莊佳村都在等他的席德進

伊朗．德黑蘭

「兄弟，難道你就要這樣穿短褲進伊朗嗎？」在曼谷轉機飛德黑蘭，出空橋排隊等安檢時，領隊趙先生看了一眼我的穿著，突然拔高了音量。

「長褲子放在大行李箱，我打算出了機場才換。」我一派無所謂的樣子。

「我們是去伊朗！伊朗！入了空橋就等於入了伊朗國境！大庭廣眾穿短褲視同穿內褲上街！」趙先生再度重申在伊朗的服裝儀容：男孩子穿長褲；女生綁頭巾，長袖長褲，外衣覆蓋住臀部，勿露手臂、腳趾，勿顯露女性特徵。

「也許你們去過土耳其、杜拜，會覺得為什麼那邊可以，這邊不可以，但你們要搞清楚，你們以往去的都是回教遜尼教派國家，伊朗是什葉派。兩者風土民情完全不同！」趙先生氣急敗壞地說。

在機場免稅店為著一條長褲而奔走，心裡碎唸著什麼國家這樣龜毛，媽的，大不了心一橫進 Prada 亮出信用卡刷他一條牛仔褲便是。人還未到伊朗，就已感到來自那國家惘惘的威脅。

曼谷到德黑蘭，八小時漫長飛行，因是伊斯蘭教班機，自然討不到酒喝，索性專心看書，把遜尼派和什葉派的恩怨釐清楚：前者最高領袖為哈里發（Caliphate），意即先知代理人，後者領導為伊瑪目（Imam），意即禮拜的導師。穆罕默德去世後，一派人認為應該推選賢能當接班人，另一派人推舉穆罕默德的堂弟兼女婿阿里為伊瑪目，血緣世襲或推舉有德者繼任的紛爭分裂成兩股不同政治勢力，造成中東地區近千年的爭端。兩伊戰爭除了國土問題，遜尼、什葉教派的宗教矛盾亦是主因。

飛機一落地，同團的女孩旋即綁上頭巾，把自己全副武裝起來。出了機場，天微微的亮，清晨四點鐘，空氣中提醒著禱告的廣播此起彼落。此行由德黑蘭往南，前往伊斯法罕（Esfahan）、波斯帝國發源地色拉子（Shiraz），然後搭機返德黑蘭，再搭車殺到裏海。德黑蘭到卡珊（Kashan），沿途兩百四十幾公里，所見無非烤焦土司般的焦褐土地和光禿禿的山，可一過卡珊，窗外景致陡然一變，萬物生長，吸收陽光的花與樹，一片欣欣向榮。

沙漠綠洲城．卡珊舊為綠洲城市。參觀布裘台故居（Borujerdie House）和費因花園（Fin Garden），華麗建築、氣派宅子都可看出城市輝煌過往。布裘台是大絲路時期某布綢大王，他是誰根本不重要，重點是他家很氣派。嚴嚴實實的木門蓋得固若金湯，叩叩門環，左側木椿，右側鐵環，男左女右，敲起來聲響不同，內院女眷聽著了男子叩著沉甸甸的木椿，就知道要走避。庭院裡美麗噴泉倒映著美麗宅子，牆上刻著生動的神獸和植物。因為天氣炎熱，建築都往地下挖了好幾層。

伊朗有四十六個台灣大，小鎮只能是驚鴻一瞥，又要繼續趕路。清晨出發，抵達目的地伊斯法罕已經天黑。進了飯店上網，發現臉書、Twitter全被鎖起來。年前伊朗大選爆發選舉不公，國外媒體爭相在臉書、Twitter散播德黑蘭爆發流血衝突的新聞，然後，這些網站全都上不了了。原來，在《在德黑蘭讀羅莉塔》（*Reading Lolita in Tehran*）這本書所說的都是真的。

我對這個國家的理解大抵來自一本叫做《在德黑蘭讀羅莉塔》的書。故事背景是上世紀八零年代，巴勒維國王被罷黜，何梅尼掌權，成立政教合一的伊朗伊斯蘭共和國。那時候，西方種種一切文化事物都被禁絕，作者納菲西是德黑蘭大學英美文學教授，召集了一群婦人在家偷讀西方文學經典。政治不正確加上性別錯誤，這班女人活得莫可奈何。當我們希望我們的政治人物去死只是一種情緒宣洩，可納菲西說在她時代裡要誰去死，就真的是去死了。

彼時，處處都聽得見扣上板機的清脆聲響，每個人都在射程裡。

我打開電視，裹著頭巾的女人壓低喉嚨播新聞，因為不懂那話語，在我耳朵聽來就只有聲音和憤怒。這是多沉悶的城市呀，可它偏偏又這麼美麗。

隔日來到伊瑪目廣場。看到這個僅次於天安門，地球上第二大廣場四周坐落著薩法威王朝的建築——伊瑪目清真寺、皇后清真寺和阿歷喀普宮，不由得張大嘴巴哇了出來，真美。

建築的歷史也等於城市的歷史。薩法威王朝君主阿拔斯一世（Shah Abbas I）重振波斯帝國雄風，他遷都伊斯法罕，蓋阿歷喀普宮。宮殿前的操場（Maidan）即伊瑪目廣場，阿拔斯國王喜歡在露台看操場上的駱駝商隊，看禁衛軍操練，看眾生百態，那俯看的視野是一種神的視野。

和宮殿相對的皇后清真寺是阿拔斯妻子柔特菲拉的嫁妝，也是皇室朝拜阿拉的神聖場所。因為要避著閒雜人等，宮殿有密道直接通往清真寺。走進了皇后清真寺，穿越彎曲的通道，走進主殿，視野陡然一亮，圓形穹頂中心點是孔雀開屏一樣華麗的壁畫，將眾人收攏在那樣一片金色的光輝中。若說皇后清真寺展現的是波斯工藝不厭精細的華麗面，又名國王清真寺的伊瑪目清真寺就是彰顯建築的霸氣和神性了。

彼時什葉派承認薩法威家族繼承穆罕默德的流派，阿拔斯大帝則投桃報李，為什葉派教徒建造壯觀美麗的伊瑪目清真寺。清真寺主殿不與正門對稱，拐個彎朝麥加的方向斜四十五度角。寶藍色的穹頂映襯著寶藍色的天空，陽光照在浮雕、貼壁磚牆，暗暗的陰影凸顯出建築刀鋒一樣銳利的邊緣。

伊朗人都說「伊斯法罕窮盡半個世界之美」（Esfahan is half the world），而這城市也沒枉擔了這個虛名：廣場上達達的馬蹄聲是觀光馬車，一簇簇的玫瑰花園都有一家老小席地坐著野餐。夜鶯由路畔一棵樹飛過一棵樹，也許已經繞完了整個廣場，貓兒輕盈地由一座又一座花園牆頭走過。

廣場真大，一整天都逛不完。清真寺和宮殿之間是數不盡的鋪子和商店，這裡是伊斯法罕最著名的巴扎（市集）。陰暗的鋪子散著成捲的地毯、番紅花香料、《可蘭經》、貓毛筆，華麗的孔雀毛扇子在黑暗中開屏。市集當然也賣好吃的茶食和餐點。傳統伊朗餐，烤肉串飯，波斯米綴著黃蘿蔔絲，粒粒分明的米飯，爽口又有羊肉油香，好吃極了。

走在市集幽暗過道，狹路相逢幾名包得嚴實的婦人，黑暗中黑衣黑裙，僅剩下一張臉飄浮在半空中。飄浮的臉停留在華美的內衣鋪子，戀戀不捨的目光。

大環境或許是嚴峻的，可關起門來，一件好看的衣服倒還是有著自己的容身之處。

伊朗的食物吃來吃去都一樣，烤羊肉串飯是伊朗國民美食。

波斯古市集伊朗婦女包得嚴實，可街上男孩，大多緊身襯衫窄版牛仔褲，妖魅異常。趙先生說不要隨隨便便把相機鏡頭對準伊朗人，可伊朗人偏偏很愛找人拍照。傍晚時分，我坐在噴泉旁吃番紅花冰淇淋，一個男孩見著了像我這樣小鼻子小眼睛的外邦人覺得有趣，湊過來說一起合照吧。

「為什麼不呢？」我說：「反正今天已經和十一個人合照了。」我們併肩坐著，依稀都能聞得到他身上淡淡香氣。這就是老美眼中邪惡的伊朗恐怖份子。天色已黃昏。伊斯法罕的每一座噴泉都亮起了燈，每一隻夜鶯都開始歌唱。

「喜歡伊朗嗎？」稜角分明彷彿席德進畫中的男孩問。

「很漂亮，可惜喝不到酒，點不到咖啡喝呢，女孩子都要綁著頭巾。」我略帶挑釁地說。

「呵呵呵，」男孩笑著說：「我們也希望她們摘下頭巾，那是每個伊朗男人的夢想。」

單字用完了，不知道怎麼回答了，就只是呆呆看著噴泉裡藍色清真寺的倒映。

我又嘖了一聲：「怎麼伊朗到處都是水池噴泉，哈鳩橋、三十三孔橋、四十柱廳，真的，每一個花園、每一個清真寺，無一例外。」

「啊，你難道不知那是波斯人對天堂的想像嗎，天堂本該就有花園、有噴泉的。」

「所以我們在天堂？」

「我們在天堂。」男孩笑著對我說，非常真誠的笑容，可《在德黑蘭讀羅莉塔》那些對伊朗男人的控訴好像也是真的。我有點混淆了，不知道哪一方相信誰。只好盯著水池看。

一名死小孩跳進噴泉裡用力踩著水，完美的清真寺倒映被踩成一片碎裂光影，小孩給母親給架走了，水面旋即恢復平靜，天堂的倒影。也許對何梅尼的崇拜、天堂的想像、女性主義的控訴無非如此，皆是鏡花水月，一切都是虛妄，但那是佛的道理，我的英文沒有好到足以對一個穆斯林青年完整解釋這一切。

給梁朝偉的一封信

印度・錫金

基於某種耽讀影劇版的習癖，當我初抵錫金（Sikkim）之時，腦海想的其實是其鄰國不丹，想到梁朝偉和劉嘉玲那一場奢華婚禮何以是在不丹舉行，而非錫金。然而離開錫金時，我卻頑固地認為錫金才是舉行一場美好婚宴的理想之地。

當然了，偉仔，兩地的風土和人情不像影劇版女星的情史、罩杯，可以比較分出勝負，只是我一直想著錫金的身世，這個喜馬拉雅山間的佛國為了更多的福祉，於一九七五年併入印度一省，那樣為了幸福而放棄了自主，你不覺得和婚姻的本質其實是一樣的嗎？

親愛的偉仔，關於錫金的遊歷，我們不妨就從達賴喇嘛的回憶開始。

「有些地段，河流伴著垂直的懸崖直直衝入水晶似的藍空。不遠處，矗立著顯現莊嚴與威脅感的巨大山峰。到處都是叢叢松林和石楠，以及遍地的綠色牧草……常有西南季風帶來的季節雨，而日照頻繁，擠過厚厚的雲邊，以一種炫目的、神秘的光，照耀山谷。」

初抵達文字指點的風景之時，山中起了大霧，海拔三千七百八十公尺的Tsomgo湖湖面沒有一絲波紋。相傳僧侶常以湖面顏色來占卜國運，犛牛在湖畔吃草吃得那樣專注慎重，神態如同一則冥想。

偉仔，你若熟知那段西藏歷史，視線穿透雲霧便可以看見一個倉皇的少年向你走來。那是剛長了喉結的少年達賴，一九五〇年初期中共揮軍西藏，權謀的野心家盤算著致命的毒計，少年避走南方，好吃好玩的年紀就必須背負整個民族的命運，前方的路途坎坷未明，但錫金的山林卻給了少年一道神秘的光芒，流亡中於是有了自在。

「一條河沿著山谷底流過，非常靠近村落，人們日夜皆能聽到流水聲……」

至今流水聲處仍有山村人家，如巧克力錫箔紙搭建的頹圮的鐵皮屋，一座一座像是筍子一樣佇立在山坡上，順著水聲往下走，羊隻擋住了前方去路，固執得如同小學國語課本裡過橋的黑羊和白羊，沒有讓步的意思。原本把臉藏在門後打量著我們的小女孩見狀，輕手輕腳地走過來把羊抱開，按下手中相機的快門，小女孩燦爛笑了，哈囉哈囉，清亮的童音於山谷回盪。

錫金位於喜馬拉雅山東邊，西靠尼泊爾、北接西藏、東鄰不丹，面積雖小，但攸關周邊六國的戰略利益。併入印度之後，印度政府每年撥付巨額補助款，鞏固其向心力，大體而言都要比鄰省富裕。首府甘托克（Gangtok）建於山間兩河流交會處，小小市區僅一條主街甘地路（M.G. Marg），其餘皆是上上下下的崁階巷道，一個交通號誌皆無。走到底以為是窮盡死巷，誰知一拐彎卻是喧鬧的市集。

錫金重環保，買完了菜的市民用草繩繫著蘿蔔繫著魚，也繫著人對自然的敬重和愛護。地陪 Peggy 説錫金重環保，境內栽種皆是有機蔬菜。她說：「為了標榜自己是綠色城市，甘托克計畫在兩年之內把整個山城都漆成綠色。你能相信嗎，整個城市都是綠色的！」她全程含著笑，走沒幾步路就要停下腳步與人寒暄，我說妳是要競選市長是嗎？她說：「路口碰到是外婆的表妹，剛剛那個是嫂嫂的弟弟，這個小地方誰都認識誰。」她揉揉臉龐說：「一直保持著笑容也很累呀。」她說這就是她的假期何以喜歡待在家看旅遊生活頻道的原因，「有一次在電視上看到夏天的海邊，感覺非常的神奇，我們這種住在山上的人，哪裡知道海洋長什麼樣子呢。」

甘地路旅館林立，錫金王室別宮改建的 Nor-Khill Hotel 是最華美的一座。那花園、鑲著雲朵祥雲的錫金木質家具種種陳設像一場華麗的舊夢。我在那飯店遇見了一名優雅老婦，在餐廳獨自進食的老婦，一臉皺紋像是古董舊衣，陳舊卻有綢緞光輝，歲月將智慧和涵養織進了交錯紋理。那是八十四歲獨自旅行的美國女人，克雷頓女士。

偉仔，我上前和老太太致意，問她活力的秘訣，「是工作，親愛的，」她回答：「我和我先生在像你們這樣年輕的時候就在邁阿密開了旅行社喔，奮鬥大半輩子，後來先生生病了，不得不將旅行社賣掉。九年前他過世之後，我又重新回到職場，至今我一週仍工作二十個小時，唯有這樣讓我覺得自己仍是個有用的人。你們應當趁年輕多多旅行，旅行能讓你們變成富裕。」「您必然是個樂觀的人了。」我問。她輕輕地搖頭：「旅行只是排遣寂寞而已，偶爾在晚上想起過世的先生，心還是會痛，寂寞是不可能過去的，我只是習慣它，和它和平共處，所以我始終在旅途上，旅行延續了我和先生的夢想，也轉移了寂寞的艱難。」

影劇版傳說你們婚後飛抵印度參拜十七世大寶法王，偉仔，你們都是虔誠的信徒，若來到了錫金，必然是不可錯過了隆德寺（Rumtek）。

大寶法王隸屬的白教主寺楚布寺於文革時期受到破壞，十六世大寶法王遂在錫金另建隆德寺，從西藏迎來了珍貴了佛像、繪畫、唐卡，成了世界上白教最重要的精神堡壘。

那寺廟距甘托克二十公里，路途蜿蜒卻平坦，五色旗迎風招颺，車窗外一閃而過紅衣老婆婆在綠色梯田走動，如一隻蝴蝶。在山路拐了幾個彎看到了崗哨軍警就到了。

目前宗教界關於十七世大寶法王的認證仍有歧見，多年前在隆德寺曾有衝突，印度政府於是派遣軍警進駐以防衝突再起，廟門口持槍的軍警和紅衣小僧侶乍看突兀，但是看兩人嘻笑地下棋，一僧一警在制服底下，不過就是兩個大一點的孩子。

寺廟以山為背屏，建築由下而上依次展開，牆上華美的壁畫訴說著關於天堂的想像，佛的教義我們並不了解，但殿堂上小喇嘛朗朗的誦經聲如潤谷溪水，潺潺流入心底，我們坐在台階上，暖洋洋的陽光照在身上，一抬頭就是明靜淺藍的天。眼皮上的暖意和舒爽的風讓人覺得，若真有天堂，我們已經來到。

黎耀輝的分手旅行

阿根廷・烏斯懷亞

熱鬧的小酒館裡，張震拿了幾瓶酒走向梁朝偉，「來，乾一杯，謝謝你照顧我。」他說。「攢夠錢了？準備去哪兒？」梁朝偉問。「慢慢走，去一個叫Ushuaia的地方。」「冷冷的，去幹嘛？」「聽說那邊是世界盡頭，所以想去看一看嘛。你去過沒有？聽說哪兒有個燈塔，失戀的人都喜歡去，說把不開心的東西留下。」「現在還有人那麼做？」「不知道，大概。」

王家衛電影裡的人物不知為何，都憧憬著遠方，吳哥窟、加州夢遊、伊瓜蘇大瀑布……誰的內心都有些彆扭的心事，誰的生活都在他方，然而這些癡男怨女沒有一個人跑得比《春光乍洩》的張震還遠，人家可是跑到Ushuaia去。Ushuaia，中譯為烏斯懷亞，是阿根廷火地島省首府，位西經六十八度，南緯五十四度，是阿根廷國境之南，亦是南半球最南端的小鎮，由此去，八百公里之外就是南極大陸，故人人都說這裡就是世界的盡頭。

世界盡頭如此的迂迴：搭阿聯酋航空，台北杜拜七小時，杜拜、巴西里約熱內盧，再到阿根廷首都布宜諾艾利斯，十八小時，最後，布宜諾艾利斯到烏斯懷亞，再往上追加三小時。起飛降落，轉機候機，再起飛降落，再轉機候機，反反覆覆。因困在狹小經濟艙而渾身痠疼，因時差而睡眠不足，臉泛油光，口乾舌燥。我嘴裡喃喃唸著Ushuaia、Ushuaia，彷彿唸著佛號，揭諦揭諦，波羅揭諦，波羅僧揭諦，如同催眠，如同咒語，飄飄渺渺，恍恍惚惚，把自己傳送到世界盡頭，然後，我看見成大校園。

或者，我應該說我抵達了任何一所大學理工學院的校區。低矮的建築群，方正的街廓，修剪得宜的花木，幾名男子沿著港口慢跑，乍看井然有序，卻沒有什麼多餘的美學和色彩。機場蓋在山坡上，搭計程車順著斜坡往市中心走，不過五分鐘車程。旅館放妥行李，街上隨便走走。這個烏斯懷亞人口不過六萬，說是城市，其規模更似小鎮，依山傍水，依著港口而建的小鎮。碼頭停泊著大大小小的船隻，開往布宜諾艾利斯、開往智利，或者，開往南極。

烏斯懷亞往南八百公里就是南極大陸，它從來都是阿根廷和其他國家去南極考察的後方基地，而大概也因為比鄰極地的緣故，南半球的盛夏裡，陽光都像是自冰箱取出解凍過的，曬在身上，感覺一陣冰涼。我從港口橫越馬路，見二名小丑在街頭擲彩球討賞，臉上塗得花紅柳綠，三只彩球在手中靈巧轉動，但車子就只是一輛輛咻咻咻自他們身邊迅速開過。不知為何，那淒清的畫面直讓人想到八月的大學校園和暑修的學生。

但我錯了，橫過一條街，這小城又像是派對一樣的熱鬧。直到世界盡頭，我看到金光閃閃的賭場和下殺三折的 outlet 免稅店。一條以阿根廷國父命名的聖馬丁大道貫穿烏斯懷亞市中心，兩旁是旅行社、百貨公司、餐廳。這是世界的盡頭，也是冒險的起點。旅行社櫥窗貼著南極最後一分鐘大落價，兩週的破冰船旅程從四千美元到六千美元不等。要去南極的，彷彿沒有明天似的在超市大買威士忌和零食，準備上船囤積；從南極回來的，宛若浩劫重生，在餐廳大啖螃蟹。

濱海的海邊小鎮，到處是賣螃蟹的料理餐廳，一種帝王蟹八百萬種吃法，奶油燉飯、蘸醋生吃，也有 Kalma Resto 那樣的創意料理，彈牙香甜的蟹肉，細細的慕斯，以向日葵花瓣入菜，廚子用法式料理的技藝馴服生猛深海野味，餐桌上一口一口吃，味道都世故起來了。

聖馬丁大街上，一棟三層樓的建築，外牆蜘蛛人似的外掛著好幾名身穿條紋襯衫囚犯的雕像。這個 Galeria Tematica 歷史博物館以生動活潑的雕塑呈現烏斯懷亞過往歷史：最初，這裡住著一群名為雅甘（Yaghan）的游牧民族，叢林裡赤身裸體，不畏風寒，在這片荒土住了六千年，寫《物種起源》的那個達爾文將之貶抑為最低階人種。

隔日，搭一列名為「世界末日」（Tren del Fin del Mundo）的火車前往火地島國家公園。這火車，由小城開往森林，原是為了運送興建監獄所需石塊、木材所設。鐵道鋪軌的、森林伐木和採石的，都是囚犯一手包辦，囚犯們一磚一瓦把自己囚禁起來，無異自掘墳墓。然而昔日流放犯人的荒涼人間地，如今卻變成失落的伊甸園，鳥語花香，空氣清新。世界盡頭的公路、世界盡頭的火車、世界盡頭的螃蟹餐廳，世界盡頭的公廁，伊甸園裡萬物皆以世界盡頭命名，自然，湖畔碼頭郵局，也要自稱地球最南方的郵局。

觀光客們擠在小木屋裡選購花紅柳綠的明信片，大鬍子郵局局長忙著在每一張售出明信片蓋上世界盡頭的郵戳。郵局懸掛著南美地圖，挨近細細查看，烏斯懷亞更南端尚有陸地，那是智利的領土，威廉斯港。我問大鬍子郵局局長，人家威廉斯港可是比烏斯懷亞還南呢，局長振振有詞說：「那裡人口只有兩、三千，只是一個港口，不是城市！」碰一聲，印章重重地敲在放置在木桌上的護照，拍板定案，我就是世界盡頭。

不過，位於比格爾海峽（Beagle Channel）的火地島燈塔是世界最南端的燈塔，這是事實，倒是沒什麼好辯解的。比格爾海峽由東部大西洋，跨過阿根廷、智利兩國到西部太平洋的水道，全長三百二十公里，隔日搭船，海峽中凸出的幾個小島，是企鵝、海獅、海狗和各種鳥類的棲息與繁殖之地，簡直在看「動物星球頻道」，不，比窩在沙發上看電視，還要臭，還要冷。

海狗很臭，船隻尚未駛近牠們棲息的島嶼，挨在甲板上就先嗅到濃濃腥味，彷彿濃縮了十座水產市場的氣味。海風很冷，南極的冷風吹在身上，鑽進鼻孔、耳朵，如剮骨削肉，站在甲板上縮頭縮腦，渾身發抖，很難想像到底冰天雪地的南極大陸會冷到什麼程度，《春光乍洩》張震去過的火地島燈塔（Faro Les Éclaireurs）就在前方，紅白相間的燈塔，塔高十公尺，在夜裡，白色閃光提醒著遠航的觀光客們，由此去，再無人煙，再無文明，是孤寒極地，然而燈塔也為歷劫歸來的旅人們指引回家的方向。太冷了。

冷到太陽穴發疼，回到船艙，點一杯熱可可雙手捧著讓自己回暖，凍壞了，我在心裡盤算著，上岸之後，我還要去吃一次 Kalma Resto 的螃蟹餐。喔，對了，那寫好的明信片，也不要忘記從小鎮寄出去。有人煙的地方真好，文明的小鎮真溫暖，浪跡天涯，直到世界盡頭，也許只是確認有人可以惦記，有家可回是一件多幸福的事。

何寶榮的分手旅行

阿根廷．伊瓜蘇瀑布

在 YouTube 搜尋〈Cucurrucucú Paloma〉，音樂之中閉上眼睛，就看見了兩個男人在破敗床上擁吻，激烈地吻著，形同啃噬與齧咬。兩人帶着恨意做愛，彷彿要致對方於死地似的雙雙跌入高潮，嘩啦啦，飛瀑浩蕩。鏡頭繞著壯闊的瀑布三百六十度打轉，如同飛鳥的視野。巨大的水簾如羅網，沒有腳的小鳥再自由自在也插翅難飛了，那是伊瓜蘇大瀑布和他的《春光乍洩》。戀人們說好要一起到伊瓜蘇看瀑布，然而一段關係裡，有人為了淫蕩的人純情，有人為了純情者淫蕩，各懷鬼胎的戀人，沒有誰快樂在一起，較純情的那個只能一個人前往大瀑布。想想還是聽歌實際，現實之中到不了的地方，在音樂中一下子就抵達了。

攤開地圖規劃路線，台灣到伊瓜蘇真的很艱難。戀人結伴旅行，簽證難、轉機難、行路難，前途茫茫，九九十一難，難保不會變成分手旅行。這一日，行程表寫著上午八點半從布宜諾艾利斯飛伊瓜蘇機場國內線，四點半就在旅館大廳等待了。前往機場約莫三十分鐘，時間約得早，但沒辦法，在阿根廷走跳狀況太多了。誰知司機會不會放你鴿子，誰知道會不會如前天一樣，A飯店網路已付款，卻給計程車司機載去名字相似的B飯店，B飯店不明就裡接單辦理入住，兩天退房才發現住錯了。誰知道會不會機場過安檢又被刁難，一張簽證表格在他手中輕蔑地翻來覆去，彷彿一張沒有中獎的獎券。異地旅行，總是默默地生氣，可看到美麗風景就忘光光了。

伊瓜蘇瀑布，位巴西和阿根廷交界，乃世界新七大奇蹟之一。伊瓜蘇在當地土話意即大水，大河由巴西的斷崖流入阿根廷的峽谷，形成波瀾壯闊的自然美景。嚴格說起來是一個瀑布群，由兩百七十餘座瀑布組成。最壯觀者，乃伊瓜蘇河和巴拉那運河段落，人稱魔鬼喉的段落，高八十二公尺，寬四公里。阿根廷與巴西兩國在瀑布周遭都設有國家公園，大量湧入的人潮帶旺了巴西的 Foz do Iguaçu 和阿根廷的 Puerto Iguazú 的繁榮。

伊瓜蘇機場有許多觀光手冊可拿，有促銷賭場的，也有推薦看探戈秀的，花紅柳綠的手冊營造出一個繁華小鎮的景象，可搭車出了機場，車窗兩旁除了叢林還是叢林。那預定好的度假村就隱匿在密林裡，房間有霉味，殘破而老舊。游泳池畔兩、三枚房客奄奄一息地曬著太陽。中午時分，餐廳空蕩蕩的，拿著菜單手指亂比，服務人員呱啦呱啦劈頭就是一大串西班牙語，一隻手連忙在我面前搖晃。阿根廷常見狀況是在地人知你不諳西班牙語，反倒加重語氣講得更誇張了，彷彿講了一百句，聽者就會明瞭了。

點了頭，起身像跟誰賭氣地在公路上快走，走了快一個小時，發現車子多了，房子多了，就知道來了伊瓜蘇小鎮市中心了。小鎮不大，繁華不過一個井字街頭，賣明信片，賣瑪黛茶茶葉，賣一簍一簍的醃漬橄欖。大概是所有的人都去瀑布了，街頭冷冷清清的，光天化日下，不開燈的土產店暗淡得如洞穴。唯獨公園裡有幾個小孩子滑滑板，輪子擦過水泥地，哐啷哐啷，哐啷哐啷，空洞聲響把大把大把的青春都給消磨掉了，哐啷哐啷，哐啷哐啷。

重頭戲是伊瓜蘇瀑布。隔日來到國家公園。搭小火車叢林裡走上一段，然後蜿蜒的棧道再走一段。未至瀑布，遠方先聽得隆隆水聲，打雷一樣，再挨近一些，走進瀑布濺起的水氣就像走入雨中，抬起頭，水簾如巨龍從天而降，空中有群鳥翺翔，鑽進瀑布裡再鑽出來，發出悽厲的哀鳴。偷聽旁邊導遊的解說，說當地傳說有一青年拐走了河神的女人，兩人駕獨木舟順著河流逃逸，河神追趕上前，唸唸咒語將河流變成大瀑布，獨木舟從高空跌下，勇士化變成懸崖上的一棵樹，女人則變成崖下一塊石頭。

站在欄杆邊，想到電影裡純情的人最後抵達，一臉的水氣都有了眼淚的感覺。像是女作家講的，現代人總是先看過明信片的海，再到海邊，我們從電影認識一個地方，造訪該地，產生的情緒也沒有大過電影。

瀑布可以在觀景步道觀賞，或者多繳個三十塊美金，泛舟遊歷。船在白浪滔滔中搖晃著，然後馬達一個加速，飛入瀑布，左沖右洗，簡直是遊樂園玩大怒神了，大家尖叫著不夠不夠，再來一次啊。一般遊客是阿根廷這邊玩一天，巴西那邊再玩上一天，都說阿根廷看瀑布像3D電影親歷其境，巴西那頭看過來的伊瓜蘇瀑布則像IMAX大螢幕一樣波瀾壯闊。雖說阿根廷簽證二十天可多次進出，但搭飛機屢屢被刁難，不想去了巴西回程被擋下來，第三天就乖乖留在伊瓜蘇小鎮鬼混。

是啊，電影之中純情者，也許會想造訪下列這兩個地方的：Güirá Oga和瓶子之家。前者是迷你動物園，也是生態保護區，大嘴鳥長鼻猴等特殊動物樣樣不少。愛情裡跌打損傷來這裡也許是一種安慰。後者是用廢棄的寶特瓶、垃圾桶撿來的瓶瓶罐罐搭建了一棟房子，傷心者淪落天涯看見那施工過程可有啟示？可會想起那首冷門的粵語歌詞，「如果我是半張廢紙，讓我化蝶。如果我是個空罐子，為你鐵了心。被你浪費，被你活埋，讓你愉快，讓我瓦解。為你盛放，頹廢中，那媚態。」那歌就叫做〈垃圾〉。旅行之中灰頭土臉，走上幾分鐘就是一臉的汗，路上的狗也是，渴了，十字路口一灘昨夜的雨水，一舌一舌舔起來。開車的人不按喇叭，不探頭咒罵，不急，狗喝完水離開。疲倦之中，橫過馬路冰 Bar，零下五度的冰室，穿著愛斯基摩人的袍子，調酒喝到飽，不如重新開始。

史密斯先生的分手旅行

模里西斯・路易港

史密斯先生住倫敦東區，四十一歲，圖書館職員。他得知我要去模里西斯時，特別發來了一封電子郵件。信中囑咐哪些景點該逛，什麼土產該買；首都路易港的中央市場（Central Market）堪稱是模里西斯人的廚房，可一網打盡Green Island蘭姆酒、Bois Cheri香草紅茶等土產；位於路易港郊區的皇家植物園（Sir Seewoosagur Ramgoolam Botanical Garden）是南半球最古老的植物園，當然不可錯過。

史密斯先生去過模里西斯七遍，我想那當然是因為阿Wing的關係。

一九九九年，阿 Wing 從模里西斯到英國念音樂，在圖書館認識史密斯先生，兩人火速成戀。阿 Wing 吃史密斯的，住史密斯的，英國物價奇高，放假時兩人只能在家不斷做愛和彈琴打發時間，苦哈哈的兩人有情飲水飽。阿 Wing 不怕吃苦，人生來就要受苦，外婆從小就跟阿 Wing 說這個道理，但阿 Wing 拿到碩士腦筋靈光了，心想和窮人受苦也是苦，跟有錢人受苦也是苦，生活裡流汗、流淚在所難免，那幹嘛不用鈔票擦乾血汗呢？心念一轉，就跟史密斯先生分手了。

「自機場離開，你會看見甘蔗田，無邊無際的甘蔗田……」史密斯信上如此寫著。模里西斯是位於非洲大陸西邊，南印度洋海上的小島，面積不過二〇四〇平方公里，與新北市相仿，國土九成都是甘蔗田。十七世紀，法國人栽種甘蔗，用蔗糖製蘭姆酒，十九世紀達全盛時期，上世紀六零年代模里西斯獨立後，蔗糖遂成該國重要的經濟輸出。由小島東邊機場前往西濱路易港的路上，逢甘蔗開花的季節，五月炎天，菅芒一樣的甘蔗花覆蓋整片土地，白茫茫一片，盛夏的雪。

除蔗糖之外，模里西斯乃南印度洋上交通樞紐，連結印度、南非兩大經濟體，IT產業、金融亦成熟發達。（莫非這便是當年阿扁在此設秘帳的原因？）首都路易港被群山環抱，新的樓，寬的路，高丹濱海商場似溫哥華、香港天星碼頭一類的摩登都會，賭場、名牌服飾店、餐廳一應俱全，井然有序，又似迪士尼樂園裡的大街。

路易港也不大，一下子就找到史密斯先生信中提及的中國城。紅色的牌坊，一整個街區紅通通的建築，處處可見雙喜剪紙、雕樑畫棟，客途秋恨的異鄉人按著夢裡的風景打造了一座童年街坊牌樓。

繼荷蘭人、法國人入侵後，模里西斯一八一四年又成為英國殖民地。英國人從廣東沿海一帶引入大批勞工來此墾殖，那便是阿 Wing 祖先的來歷。開枝散葉，時至今日模里西斯仍有三萬多華人在此定居，史密斯先生在臉書上說，中國城內有一家雜貨店是阿 Wing 奶奶的姊妹的兒子開的，我說：「那我看到他們要幫你甩他們一巴掌嗎？」

中國城旁邊有個景點叫阿普拉瓦西．加特（Aapravasi Ghat），印度話意即「移民登陸之地」，二〇〇六年名列聯合國世界文化遺產。我自中國城離開橫越馬路，在一個土牆旁邊打轉許久，不知路口在哪裡，以為是史密斯先生寫錯了。土牆旁有個小亭子，三個女孩在裡面吃便當，探頭進去詢問，才知那土牆就是古蹟了。那可能是我見過最小的聯合國世界文化遺產吧，在前門跌倒，立馬就滾到後門去。

一八三四年到一九二〇年之間，英國殖民地政府以契約方式取代過往的買賣奴隸制度，引進外勞，乃契約勞工的濫觴。那阿普拉瓦西．加特就是外勞登陸報到的地方。人類在歷史上幹的蠢事不少，可至少從這一刻開始學習尊重其他民族。

我由阿普拉瓦西．加特走到中央市場，這個從英國維多利亞時代便開張的市場，釋迦、鳳梨、甘蔗、百香果……攤販上種種色澤豔麗的熱帶水果好像穿金戴玉，英國人帶來的茶葉，法國人引進的蘭姆酒，中國人的醬油，印度人的咖哩和諧地挨在一塊。點了史密斯先生推薦一種叫做Puri的怪東西，像是墨西哥塔可，又像是中國春捲，嚐起來又有印度咖哩的氣味，但又無任何違和之感。再喝一杯Alouda，說是當地的一種果實，喝起來像是牛奶、又有杏仁味。馬克・吐溫曾說上帝打造了模里西斯，再以那個為尺寸造了伊甸園，但我以為世界和平大抵都在菜市場。

可馬克・吐溫說模里西斯是天堂這話也不假。

隔日前往位於在路易港東北十一公里的皇家植物園。這個已有二百多年歷史的植物園，占地六十英畝，當時統治的法國人將地球上搜刮來的奇花異卉都擺在這兒了，肉桂、黑檀、荳蔻、檸檬樹，當初那些與歐陸列強拚得魚死網破搶來的珍貴香料，現在都好無辜地生長著，更多花花草草我皆無法直呼其名，只能像冒險家初抵馬康多，用手去指認。水池裡浮著臉盆大小的亞馬遜王蓮，據說擺個嬰兒在上頭也很穩當，那些植物尺寸超出常識可以理解，於是都有一種神話的氣味。琥珀色的陽光自密林裡灑下，遂將園林封印住，凝結成永恆的伊甸園。

史密斯先生鉅細靡遺地為我描繪花園的一切，我納悶他這樣在信中重溫一個千瘡百孔的舊夢，是否太為難自己。英國人在祖國殖民地與被殖民者的後代相戀，可愛裡的殖民與被殖民與膚色並無關聯，愛得比較深的那一方往往都是被奴隸的一方。更殘忍的是模里西斯又是歐洲人的戀愛聖地，心目中最佳的蜜月島。住史密斯先生他們住過的飯店，看他們看過的美麗風景，那 Paul and Virginie 飯店，隱密而美好，史密斯先生定要我看看這飯店美麗的海洋，「很美。」他說。小商店看到漂亮的風景明信片，沒敢下手，老覺得回寄給史密斯先生這樣一段舊風景，都像是在傷口上撒鹽。

飯店裡多喝了幾杯蘭姆酒，暗夜裡入睡忘了拉窗簾，隔日被耀眼的陽光叫醒。那窗外一片鳥鳴，循著聲音的來源前進，岩岸上一群穿著鮮豔沙麗的印度女人燒著香燭祭拜海神，再往前走幾步，巨大的海洋停止了動搖，鏡子一樣映著船隻和它們的倒映。

遠方有海神一樣的裸身少年在陽光下唱著異國的歌謠，歌詞聽不懂，但頭疼宿醉的我剛好那樣需要元氣淋漓的朝氣。一段風景總是可以給人力量。此時此刻，不是不快樂，也不是快樂，我只是像海平面一樣，靜靜的。剎那間我突然明白史密斯先生忘不掉的，不是那個人，而是那美麗的風景。剔除那個負心的人帶來的傷害，只留一段美好的風景，然後告訴自己，下次仍然還要愛下去。

少年Pi的海上動物園

菲律賓·巴拉望

那汪洋大海之中有座野獸樂園，非洲斑馬和長頸鹿奔跑在亞洲熱帶島嶼上。動物們是怎麼遷徙過去的？何時過去？我的旅遊書上並沒有多做解釋，僅說「卡拉威島（Calauit Island）位於菲律賓巴拉望（Palawan）西北方外海航行約莫三小時的地方。」可是那簡單句子夾纏在一堆旅遊訊息之中，靜靜發光。少年Pi在菲律賓外海遭遇船難，莫非那是少年最終流落的狐之島？然而揭開謎底之前，我在巴拉望還有幾個地方要去。

突然之間，巴拉望因入選《Lonely Planet》「二〇一三年地球最值得一遊十大去處」而熱門起來。這個位於馬尼拉西南方五百八十六公里的群島，長約四百五十二公里，寬四十公里，中部愛尼島是最大城市和旅遊勝地，整個群島以潔白沙灘及豔麗珊瑚礁熱帶魚生態著稱。國內航空公司亦順勢推出機加酒套裝行程，但航空假期？Hello，那意味著海邊將被戴假睫毛，塗著厚厚防曬油噘嘴自拍的女孩攻占，那樣的地方我才不想去。

逆向行駛，搭廉價航空雙螺旋小飛機去北方一個名為科隆（Coron）的荒涼小鎮。荒涼啊那可真荒涼，布蘇安加機場（Busuanga）宛如鐵皮屋蓋成的巨大修車廠，高速公路緩步踱著牛群。位於布蘇安加島的科隆人口約莫兩萬，所謂的市中心也不過是個井字型的街頭，小鎮最高建築是Seadive Resort、Amphibi-ko這一類的度假屋，樓高四層，住宿新台幣一千元有找。多數百姓仍住在茅草竹屋，挨家挨戶蔓延到紅樹林沼澤地。

魚市場前的廣場入夜之後擺攤賣烤雞和米粉湯，我被香氣引誘而來，人群中走著走著，突然啪答一聲停了電，世界頓時消失黑暗中。小鎮發展落後，電力供應不足，停電併著日落月升，天天發生。可下一秒，一支燭火連結著另外一支燭火次第亮起，照亮整個小鎮。搖曳的火光照映在小販和食客的臉上，像是慶生會。荒涼，有時候和伊甸園意味著是同一件事。

在科隆最受歡迎的玩法就是搭船跳島，往來凱央根湖（Kayangan Lake）、雙峰珊瑚海等景點，遊客游泳、浮潛，或者，什麼都不做，在沙灘上懶洋洋地把自己躺成大字型。一整天的行程包餐，新台幣五百元上下，相當便宜。抵達科隆第二天，搭造型詭異的螃蟹船出海，狹長獨木舟裝了懸臂支撐看上去像是太空飛行器似的，行駛在海洋的曠野之上。小鎮被船隻拋在身後愈來愈小，只見山坡上學好萊塢架著巨大的英文看板 CORON。約莫三十分鐘航程，船隻靠岸了，爬一段小山丘，回頭一看，島嶼四散碧綠海洋之中，明信片一樣的風景，夏日深處，遠方的海洋發著光。

凱央根湖為珊瑚礁包圍著的湖泊，七成是淡水，三成海水，號稱全菲律賓最乾淨的湖泊，如一隻青蛙徜徉其中，游起來非常舒坦。相較之下，雙峰珊瑚海、珊瑚礁花園死鹹得多，但死鹹的海域有美麗的海底風景可看。豔色熱帶魚在狀似白骨與腦髓的珊瑚礁竄上竄下，再往前游上一段，二次世界大戰被擊沉的日本船艦躺在海底，星沉海底當窗見，靜靜地，變成海藻的記憶。

隔日，因湊不齊人數上卡拉威島，只得在小鎮晃遊。在小漁村裡早餐午餐一塊打發，蛋炒飯以美景下飯，海面上點點漁船，孤帆遠影碧山盡。吃飽了隨意走走，懶洋洋的小鎮，黃狗往馬路中央一躺，呼嚕呼嚕睡午覺，擋住了去路。為了貪圖涼快，市公所公務員把辦公桌扛到涼亭底下，辦理船業務、保險、戶證申請和納涼。傍晚到馬昆特溫泉（Maquinit Hot Spring）泡湯，紅樹林旁的溫泉，切齊海平面，視野無邊無際，一枚鴨蛋似的落日沉入海中央，熱騰騰的，彷彿在海上洗一個舒服的熱水澡。

泡在溫泉裡，岸上一名約莫三、四歲的小男孩趴在欄杆上，一張圓滾滾胖嘟嘟可愛的臉，見他眉毛上下挑動，左顧右盼發現四下無人，那挑眉是衝著我來的，我別過頭去，再轉回來，小男孩又故技重施，衝著我挑眉附帶輕浮的微笑。這到底是誰教壞小孩的？直覺想揪著他的耳朵把他拖到警察局，「調情只能對心裡喜歡的人做，千萬不可以對路上不認識的叔叔隨便挑眉，你會被殺掉的，知道嗎?!」

再一日，終於成功揪團前往卡拉威島。一個澳洲青年，一個挪威老頭，和他年輕得可以當女兒的妻子，和可以當孫女的女兒，以及我和攝影記者，六個人。凌晨四點就出發，寒風低溫裡悄悄上船，簡直跟人蛇集團偷渡沒兩樣。海洋與天空一般黑，上上下下前後左右都融化在一塊，伸手不見五指，整個空間感都消失了，船隻航行在冥河一樣的冷酷異境，很冷。已經穿了薄外套，裹著旅館的毛巾，緊緊摟住背包，還是冷得牙齒格格作響。電影都是騙人的，最好少年Pi航行在午夜的海上還能衣不覆體，悠哉看月亮。

穿越一場噩夢，破曉時分抵達傳說中的動物園島。登岸，椰子樹影潔白沙灘，風景乍看與任何熱帶小島無異。沒有其他遊客，就我們一組人，坐上破爛的小巴士，車子拐了一個彎，眼前是密密的叢林，車子鑽進，再繞出來，一群斑馬在草原上懶洋洋地吃著草，非洲到了。

一九七七年肯亞鬧饑荒，當年菲律賓總統馬可仕以援外名義跟肯亞政府買了長頸鹿、斑馬、羚羊，計一百零四隻，瀕危動物搭著諾亞方舟似的貨輪，由肯亞漂洋過海來到了菲律賓，並且落腳於占地三千七百公頃的卡拉威島。這些動物們開枝散葉，至今數量已達四百八十一隻。

羚羊、瞪羚、伊蘭羚羊，各式各樣的羚羊低頭吃著綠草。下車緩步湊過去，羚羊們抬起頭看著我們，眼神如僧侶一樣，也不跑，只是低下頭繼續吃著草。我們拿著導遊為我們準備的樹枝搖晃於半空中，遠方的長頸鹿們湊了過來，長長脖子低下來，把我手中的枝枒給扯開，強勁的力道讓自己險險站不住腳，手中的樹葉被啃光了，長頸鹿意猶未盡地舔著自己的掌心，粗粗的舌頭像是砂紙。

清晨的草原，微風徐徐吹著，光線還帶著微微的透明感，照在這些美麗的野獸上，在寒冷的海上折騰許久看到這樣風景，美好得像一則童話故事，頓時不知這裡是非洲還是菲律賓，索性告訴自己，我在夢裡，這裡是南方野獸樂園。

少年Pi的陸上動物園

印度．朋迪切里

從南印度第一大城清奈（Chennai）往朋迪切里（Puducherry，又譯本地治里），約莫四個小時車程，中途行經一個名為馬哈巴利普蘭（Mahabalipuram）的小鎮。小鎮有戰車寺院（Five Rathas）於一九八四年列聯合國文化遺產。寺院被黃沙覆蓋千年，輾轉被考掘出土，牆上壁畫鮮明得如同剛刻好的：男人與女人、女人與女人、男人與男人，接吻擁抱，身體似老樹盤根，又似巨蟒交纏，企圖在性的高潮中領略宇宙奧義，臉上癡迷表情如當下，此時此刻。

然而這也並非旅行重點，此番旅行重點是距馬哈巴利普蘭六十公里外的小鎮朋迪切里，「那裡，花木扶疏，井井有條，完全不像印度任何一個城鎮。」那裡，是電影和小說少年Pi旅程的起點。

小鎮與印度多數城鎮不同之處，乃它是法屬印度首都，「法國人很想跟英國人競爭，非常想，但他們只有取得對朋迪切里等幾座小港口的主權，他們在這些港口堅守了三百年，一九五四年法國人離開，留下漂亮的白色樓房，垂直交錯的寬闊街道，諸如Promenade大道和聖路易大街。」小說裡這樣寫道。小鎮以政府廣場（Government Square）為核心，北側是博物館和領事館，穿越三條街就是海。海防大道（Promenade）兩旁是咖啡館和餐廳，乍看像坎城之類的法國小鎮。關於小鎮的優雅和異國情調，電影和小說說的都是真的，但電影不像真實世界，空氣中有甜膩至腐壞的花香，以及沉甸甸陽光壓在肩頭的重量。

熱啊，真熱。

熱氣讓人恍恍惚惚，茫茫渺渺，赤腳踏進入一個教堂又一個教堂，如夢遊又如催眠。教堂裡滿室檀香，西塔琴聲若有似無地撥弄，耶穌釘於十字架，腳丫子早被世人摸得光滑發亮。聖心堂（Sacred Heart Church）、無垢聖母堂（Church of Our Lady of the Immaculate Conception）、天使聖母院（Notre Dame de Anges）……小鎮旅行第一天，一連參觀幾個教堂，但這只是開學典禮，在接下來近十天的南印之旅，我將造訪十來座天主教堂。何以在婆羅門教地盤教堂如此興盛？導遊回答，因天主懷中沒有種姓階級，賤民眾生換個信仰，就可以換到更好的永生。

天主教堂旁即穆斯林社區，真主阿拉、萬福瑪麗亞各有各的信眾，朋迪切里宗教活動活躍，少年Pi在此辯證神明的存在有其深意。恍恍惚惚，茫茫渺渺，赤腳踏入阿羅頻多修道場（Aurobindo Ashram），如夢遊又如催眠，幽靜雅致的庭院中眾人圍著石墩，或冥想或打坐，有人把手撐著石墩口中唸唸有詞，那是阿羅頻多的石棺。虔誠的信徒繞著石棺冥想，無非是想求一個心寂如墳。

阿羅頻多是誰？道場圖書館有簡介了，阿羅頻多乃民族主義者、哲學上師、瑜伽士，與甘地、泰戈爾並稱印度三聖。早年投身印度獨立建國運動，一九一七年為躲避政治迫害，避走法屬朋迪切里著書立說，創整體瑜伽流派。一九五〇年故世，人稱聖母媽媽的法國女人 Mirra Alfassa 成掌門人，一九六八年在小鎮郊區建立曙光村（Auroville），企圖打造一個宇宙合一、眾生平等的理想國度。二十餘公里的土地迄今住一千八百餘人，三分之二都是歐美人士，在此教學種菜蓋房子，為實踐聖母媽媽意志而放棄了自己的人生。

曙光村繞著名為旭蓮金球的聖殿而建，圓形聖殿外觀似金色高爾夫球，裡面是大理石打造的冥想室，據說有世界上最大的能量水晶。輕手輕腳溜到金球旁一棵菩提樹下，閉上眼睛想一想小說裡的劇情，熱天氣裡行動懶散，獨獨白日夢特別活躍，這是白日夢國度。

關於漂流，少年 Pi 說了兩個版本，一個是少年與斑馬狒狒和老虎的奇異冒險，一個海上喋血人類的自我相殘，選擇相信哪一個，就決定了自己是怎樣的人。然而能量這事兒，信就有，不信，就只是很毒很辣的紫外線。

餐廳旁邊是熱帶植物園，「植物園裡有火車軌道，停留兩站，玫瑰谷和動物園城，從前，這裡有一座動物園。」小說這樣寫道。對的，少年Pi他家的動物園就開在熱帶植物園裡。動物園四、五十年前就已經沒了，植物園則毀於多年前一場颶風。大門用鐵鍊鎖著，僅能由後門溜進去。廢棄的遊樂園裡有斷頭的水泥獅子和大象，生長及腰的野草眼看就要把它們都吃掉。走在生鏽鐵軌上，想像著火車經過時轟隆隆的聲響，那聲音愈來愈響亮，嘟嘟嘟，簡直震破耳膜，一回頭，真的有火車開來。火車由白日夢駛進現實，繞廢棄的植物園轉一圈，搭一次新台幣兩元。少年Pi說信仰這件事，只要你相信就會有。

搭一段內陸飛機到科奇（Kochi），然後又顛四小時山路到木那（Munar），只因小說裡少年Pi一家人來此避暑。帶著小說去旅行，待個一、二天，便以為可以收割那個作家的眼界和深度，這是我的壞習慣。坐落在三條溪流交會處，海拔一千六百公尺的木那曾是英國殖民者最愛的避暑地，「這裡的天氣，像是口含薄荷糖一樣舒服。」少年Pi說，這點我信。他又說：「木那有三座小山，每座山上都有一座神的居所，旅館外面的右邊那座山山腰上有一座印度廟，更遠一些中間那座山上有清真寺，而左邊那座山山頂上有基督教教堂。」因為這我不信，所以就都不去了，不看教堂不看廟，改去爬山和看卡塔卡利舞劇（Kathakali）。

爬山，真正的爬山，攀岩、棧道兩側是山谷，一個不小心會摔死的那種爬山。分花拂柳行過一片密林，視野豁然開朗，站在高崗上眺望整個山谷，成片成片的茶園，竹林裡嘩啦啦有動靜，真正的大象在林中覓食。看戲，看卡塔卡利舞劇。原為十六、十七世紀南印度慶典上的酬神科儀，後來變為民間娛樂，內容改為歌詠俗世男歡女愛。劇院是山間隨意搭建的鐵皮屋，氣味很難聞，像修車廠。

一進場就看半裸肥胖的男人盤坐光禿禿舞台，就著微弱的燭光一筆筆勾勒紅色臉譜，然後跳進大蓬裙裡。另外一名男人進場了，綠臉，一樣大蓬裙，紅臉那個手勢一揮，眼珠子咕嚕咕嚕轉動，眼角眉梢皆是勾引，喔，原來他扮演的是一個女人，而且還是個浪蕩的女人。綠臉那個繞著他打轉，整場表演沒有言語台詞，僅靠手勢和眼神就成就一個愛的故事，因為我被取悅了，相信了，所以眼前鐵皮屋便是繁花盛開的宮庭，流泉淙淙，雲雀清脆地叫了一整夜。

華萊士的悲傷動物園

印尼．龍目島

一八五八年二月，在印尼某熱帶小島叢林裡，一名男人正因瘧疾而瀕臨死亡邊緣，其身體陣陣痙攣高燒不止。這位名叫華萊士的英國佬是標本獵人，過往三年皆在印尼群島間獵取珍稀昆蟲鳥類標本。纏綿病榻之際，昔日目睹之種種神鳥奇獸形象咻咻快轉掠過眼前，一念頭乍現腦中：「何以有些鳥獸能逃過滅絕？弱肉強食的環境下，是否唯有最健壯者能倖存，並將基因延續下去，改善其種族？」

男人強忍身體顫抖寫下推論，康復後去函向生物界大老達爾文請益，達爾文收到信震驚近乎癱瘓，他鑽研物種演化近二十年，誰知一介草莽獵人短短四千字論文便道破自己多年苦心研究，他深知若該論文搶先發表，一生成就將因這年輕人化為烏有。他遂與數名學界大老密謀，先和華萊士聯名發表演化論，並趁華萊士仍困在熱帶雨林之際，搶先出版《物種起源》，贏得了榮耀和聲名……

「太可惡了！」《香料群島之旅》書中的冒險故事激起體內一陣血潮澎湃。我在距峇里島以東三十公里的龍目島，一八五六年華萊士發現這兩個島嶼正是亞洲胚胎動物和澳洲有袋類動物的分界線（生物界故稱此一分界為「華萊士線」），身處歷史現場，照理應當拿華萊士當榜樣，拿著捕蝶網往叢林裡鑽，但我只是懶洋洋地躺在 Oberoi 度假村游泳池畔，翻過身去，讓陽光一吋一吋爬過自己的皮膚。太陽曬得不耐煩了，縱身，跳進了游泳池，身後是層層疊疊的水塘荷池，眼前的泳池水面切齊海平面，涼意無邊無盡，海洋成了寧靜的泳池，泳池亦有浪花拍打的錯覺，浸在寶藍色的池水中，也擁有了一整座的太平洋。

當然了，通往天堂的道路必然是荊棘密布。開了口的涼鞋是在泗水迷宮市集踏破的，腳上的傷口則是前往林查尼火山（Gunung Rinjani）探險的紀念品。航線是這樣規劃的：飛往爪哇島泗水，再由泗水搭國內線轉龍目島。半天的空檔拿來逛傳統市集、參觀動物園，剛好。

位於爪哇島東北角的泗水是印尼第二大城市，其印尼名稱蘇臘巴亞（Surabaya）是鯊魚和鱷魚之意，傳說先民移居至此，總能在海灣看見鱷魚和鯊魚鏖鬥，故名蘇臘巴亞。在市區行走，沒有看見鱷魚鯊魚，但漂亮的金魚倒是見了不少。泗水人酷愛水族寵物，處處可見金魚小販。下榻的Singgasana Hotel飯店門口，有一整排的金魚街，一袋一袋的金魚掛在街邊，日頭折射亮晃晃的水光，視覺上非常地刺激。

沿著金魚街拐入尋常百姓人家，或許泗水百姓多為穆斯林，恪遵教義的信徒總將自家街道打掃得乾乾淨淨，門前栽種鮮豔的花卉，圍牆繪著生動的油彩，世界或許正在崩壞之中，但自己還能擁有一道彩色的牆、一處美麗的花園可以安身立命。

華萊士的《馬來群島自然考察記》記述八年間所見飛鳥走獸，如今只要花一個下午到動物園兜一圈，便可以看盡書中天堂鳥紅毛猩猩了。科莫多龍曝曬在傾盆的陽光下奄奄一息，豹焦慮地在獸檻踱步，勇猛的動物們被困在狹小的鐵欄子裡面也跟標本無異。

由泗水飛往龍目島約一個小時的時間，這個比鄰峇里島的小島北端重山環繞，南方是大草原，海拔三千七百二十六公尺的林查尼火山是印尼第二高峰，浩渺的翠綠高山湖泊包圍著月牙形火山口的美景，吸引無數生態旅遊者。在龍目島原住民薩薩克人（Sasak）心中，火山是神靈的居所。華萊士在書中回憶，彼時龍目島的王每年皆會獨自登山，將部落鑄造的神刀擲入火山口，祈求神諭。

抵達龍目島隔日，我們聯繫當地的旅行團詢問有無前往林查尼火山的行程，然而兩人成團的費用太高，四人出發又湊不齊人數，最後只能跋涉到半山腰的 Air Terjun Sendang Gile 瀑布，體驗華萊士叢林歷險記的驚險。

路途盡是多刺的爬藤和灌木，各類植物東倒西歪扭成一團，一不留心，眼鏡便讓枝枒給撂下。導遊庫安是薩薩克人，寡言靦腆，自顧自地走在隊伍前頭，偶爾停下腳步，以為他要告知何等重要事項，見他手指天空，緩緩吐出一個單字：「Butterfly!」途中遇溪水阻斷，水流湍急，必須牽手方能安穩涉水而過，嘩啦啦的水聲愈來愈清晰，穿越了層層疊疊的綠意，終於見瀑布自碧綠掛毯般的山壁奔流而下。秀美風景確實值得這樣灰頭土臉跋涉而來。

華萊士在野性叢林裡大抵過著這樣艱苦日子。八年的光陰，他猶如希臘神話裡的尤里西斯飄浪在太平洋諸島，他觀察蟲魚鳥獸，獵取標本，但那並非自身嗜血好殺，而是某個窮困年輕人實踐旅行大夢的折衷之道。他不若達爾文家境優渥，唯有成為一名獵人，兜售手中的動物標本，才能將旅行進行下去。

經過一番折騰來到 Oberoi，簡直是天堂了，但是天堂不宜久留，一來是盤纏有限，二來是怕渙散了鬥志，留宿一夜就搭船前往吉利群島（Gili Islands）。由愛爾島（Gili Air）、美諾島（Gili Meno）、特拉旺幹島（Gili Trawangan）組成的吉利群島介於龍目島和峇里島之間，寶藍色的海洋、雪白的沙灘和眩麗的熱帶海域，已是旅人心目中的浮潛樂園。

三個珊瑚島中愛爾島離龍目島最近，美諾島最僻靜，特拉旺幹最宜潛水。而我們選中特拉旺幹，也不過是它的音節比較長，感覺好像有比較好玩的事情會發生。

結果事實證明我也沒有押錯寶。

由龍目島搭著快艇前往，航程約莫十五分鐘，小島沒有碼頭，僅能頭頂著行李踩著沁涼的海水上岸，沙灘上彷彿摻著金子一樣，閃閃發亮，一群薩薩克婦人列隊走過，婦人們頭頂瓜果竹簍，圍著大紅色的沙龍，彷彿高更筆下的大溪地婦人。

特拉旺幹是三個珊瑚島當中最大的，然而搭乘馬車繞島一周也不用一個小時。島上沒有汽機車，島民來往要不搭乘馬車，要不單車步行，步調極為悠閒。旅店酒館多半集中在島嶼西濱，旅人們迷迷糊糊地在沙灘上曬太陽或者潛水，岸邊林立的高腳屋是投幣式的MTV，屋內歪歪斜斜躺著頹廢之人看著電影，臉上皆有一種貓的慵懶臉色。

然而到了晚上又是另外一種魔幻氣氛，黃昏層層逼近，海灘上亮起了一盞又一盞溫暖的燈，燈下有百姓賣著大蝦、章魚。所有漁獲都是當天捕撈的，我叫了一尾近三十公分的大蝦，鮮捕的海鮮也無須什麼花里胡哨的醬料去掩飾，大火略略烤過，就吃蝦肉的甜美多汁，芳香的氣味溢滿口腔，囫圇入肚之後，猶未解饞地用舌頭舔著沾著蝦汁的牙齒。

派對開始了，Amy Winehouse 的音樂起此彼落，路上總是有打著赤膊的漢子玩弄著火把，岸邊的茅草棚屋放起了露天電影，老外們席地而坐，一邊抽著水菸，一邊隨著電影情節呵呵發笑。我撿了一張涼席躺下，身邊拿著酒瓶的是丹麥來的伊旺。我問伊旺說他旅行多久了，酒精或許把理智都燒成灰了，他笑嘻嘻說：「嘻嘻，我算算看……七月、三月、四月，嘻嘻，我忘記了。」

小麥色皮膚曬得發亮，金黃色的大鬍子成熟了也不用收割，這些人是嬉皮的亞種，犧牲長期穩定工作或居處，以換取經常性的旅行的人。

也許是大麻也許是酒精，兩個女孩在沙灘暗處接吻，月光濺在身上，像擱淺的人魚。那個魔術的時刻，我突然岔出心神想起一樁關於華萊士的往事：有人替華萊士叫屈，而他只是微笑地說：「演化論是屬於達爾文的，旅行已經給了他最好的一切了。」在特拉旺幹，我終於明白了那個微笑是怎麼一回事。

倘若Oberoi的優雅富裕屬於達爾文，特拉旺幹的派對動物們就是華萊士，口袋裡縱然只有衛生紙渣和瓜子殼，旅行還是要進行下去，日子不需要長治久安，生命始終在路上。

鄭和的海上動物園

馬來西亞·麻六甲

從吉隆坡南下麻六甲，不過兩個小時車程。熱帶叢林中闢一條高速公路，南北向高速公路（Lebuhraya），窗外什麼都看不見，黑暗像海洋一樣無邊無際，人在車上顛簸晃動著，恍惚之間也有了水手一樣的錯覺。

然而這城本來就是水手之城了。

昔日鄭和奉明成祖之命，率皇家艦隊七下西洋宣揚國威締結邦交，總要在麻六甲停泊，補充淡水糧食，也在此等待季風揚起，帶領艦隊前往下一場漂流。這城是海上絲路第一要塞，中外貿易和交通樞紐，得天獨厚的地理位置先後惹來荷蘭葡萄牙英國的覬覦。彼時，小城繁華市集羅列著中國絲綢瓷器馬來西亞叢林的七彩鸚鵡和印度香料，市井眾聲喧嘩，史書上說那大街上可聽見方言達八十餘種。

半夜十二點終於到了麻六甲，下榻的旅館藏在暗暗的荷蘭街，計程車在小城窄窄的巷弄穿梭著，黑暗的街道沒有路燈，兩旁民宅雕花木門隱約透著紅色燈光，四下一片寂靜。隔日醒來總算看清了這荷蘭街模樣：窄街兩旁住宅似荷蘭阿姆斯特丹山形屋，可雕花門戶、五彩磁磚、金漆匾額又似江南水鄉或上海老街，魯迅小說裡的阿Q、祥林嫂隨時都要走出來的。當年鄭和手下與馬來女子通婚，繁衍後代，女的稱娘惹，男的叫峇峇，麻六甲七十萬人口三分之一是華人。

人在他鄉異國，對故鄉有其偏執的想像和堅持，街頭所見無非家廟祠堂宗親會，這街比江南更江南，比上海更上海，然而有些鋪子又改頭換面，成了有型有款的精品旅館畫廊古玩店，這城彷彿映在後照鏡裡，倒著走進未來。

麻六甲不大，以步行的速度約莫一天就可以窮盡小城所有景點。麻六甲最著名的地標荷蘭紅屋（Stadthuys）建於一六四一到一六六〇年，赭紅色的洋房是荷蘭統治時期的總督府，紅屋連著廣場前刻著維多利亞女王肖像的時鐘和噴泉，一輛輛點綴得花團錦簇的三輪車在廣場排班，熱鬧非常。

紅屋內部如今是歷史博物館，陳列麻六甲各個統治時期的文物。蓋在山丘的紅屋沿斜坡往上爬是聖保羅山，山上有文學博物館、蘇丹王宮、獨立紀念碑等景點。下山沿原路走回紅屋，過橋到河的另一岸，即是荷蘭街、雞場街舊城區。

可以這麼說，我在麻六甲各大景點的拜訪參觀無非是飯後為了幫助消化的小小運動。這城適合發呆作夢漫遊，無所事事地吃吃喝喝，根本無須什麼偉大的名目，旅行最後一天下午，吃完和記海南雞飯，我打鄭和紀念館經過，心想來這兒四天三夜都沒進去轉轉，著實對不起這位偉大的航海家。買了票鑽進去，博物館原址為明朝大使館，即鄭和每次下西洋休憩辦公的府邸。鄭和本為元朝權貴之後，篤信伊斯蘭教，幼年聽祖父講天方夜譚，畢生最大心願就是要去天方（麥加）朝拜，家族稱霸雲南，富甲一方，改朝換代後淪落到宮中當太監，六兩銀子就被賣掉淨身，因緣巧合成了明成祖的親信。館內不厭精細的文物史料讓這個出現高中歷史課本的名字在我的腦海中有了氣味和表情，完完整整的一張臉。

離開博物館已是黃昏，不知怎地，一直惦記著鄭和第四次航行。他從非洲帶回來一頭要獻給皇帝的長頸鹿和種種珍禽異獸。在窄街行走，心底想著那樣宛如諾亞方舟載滿許多動物的艦隊，在海上航行兩年到底會發生什麼故事？窄街仰頭看夕陽，琥珀色的夕陽把古城封印起來，天色由蔚藍變豔橘，豔橘染血紅，血紅褪寶藍，寶藍轉墨黑，最後失去種種顏色，失去一整片黃昏。當下的落日跟鄭和勾留麻六甲看到的落日也沒有什麼不同，那時候我岔出心神想著：酷愛聽爺爺講《天方夜譚》的他抬頭仰望天空，不知是否會看見神燈巨人的魔毯在血色夕陽裡飛翔著。

獨裁者的鎮暴動物園

埃及・開羅

飛機抵達開羅是大清早，第一個行程即是到飯店吃早餐。才剛坐下，一桌八人不約而同從包包、口袋拿出手機搜尋網路訊號。有人嘀咕著：「不知道這兒有沒有 Wi-Fi？」我愣了一下，然後說：「網路訊號應該不錯吧，不然怎麼利用 Facebook 發動革命呢？」大家喔了一聲，恍然大悟，然後就低下頭，默默地刷起手機來。

話題當然是繞著二〇一一年的茉莉花革命打轉。二〇一〇年十一月，受突尼西亞茉莉花革命激勵，埃及人走上街頭，向連任二十九年的老獨裁者穆巴拉克（Muhammad Hosni Mubarak）嗆聲。年輕人利用網路互通聲息，突破警察封鎖，集會靜坐，抗議聲浪由開羅擴大到埃及其它省分。二月十一日，穆巴拉克眼看大勢已去，美國老大哥不再相挺，只好宣布下台，政權暫由埃及武裝部隊最高委員會接管。

導遊是一個叫做亞希的埃及年輕人，革命重創旅遊市場，這是變天四個月後他首次帶團，但談到革命，還是難掩興奮神情，「其實連我們埃及人也沒料到革命會成功，大家原本只想發洩情緒，但革命就是成功了，」他說：「二月十一日那個晚上，大街上每個人臉上都掛著笑，見了面就擁抱，亢奮的心情，好似我們在世界盃足球比賽贏了球，空氣中都是節慶的氣味。」

「幹嘛要革命？」

「這個穆巴拉克太可惡啦！前幾年埃及政府決定更換國內所有車輛車牌，」亞希指著車窗外的車流說：「明明只要四千萬埃幣就可以搞定的東西，我們的總統就是有辦法花到九千萬，當然了，回扣都進了他和親戚口袋。」亞希細數穆巴拉克種種罪愆，濫權、貪污、放任警察抓人打人……我點頭稱是，心想世界上國家各自不同，何以腐敗者的故事聽起來都極其類似？

來到埃及考古博物館（Egyptian Museum），比鄰博物館的執政黨民主黨部大樓一月二十八日被老百姓縱火，大火燒了三天三夜才止息。望著燒得焦黑的大樓，心裡不由得捏把冷汗，假使火苗往博物館竄，那麼，法老王拉美西斯二世（Ramesses II）的不朽肉身、圖坦卡門（Tutankhamun）的黃金面具可就真的盡付熊熊烈火中了。

博物館蒐羅古王國時期至羅馬時期，逾十五萬件文物。假使一分鐘看一件，走馬看花，也得要花九個月的時間才能窮盡一切。拉美西斯的木乃伊，稀疏頭髮猶有金色光澤，指甲呈琥珀色，閉上眼睛似睡的面容，彷佛隨時都會張開眼來；圖坦卡門的黃金寶座貼遍金箔，以白銀、寶石鑲嵌，上頭刻著皇家章紋極精細。博物館每一件了不起的文物都是人類文明的見證。寶物珍稀，可是博物館卻相當殘破，兩層樓的挑高建築像什麼偏鄉學校的校史館，價值連城的瑰寶就像獎牌、獎盃隨便放著（變賣個珠寶石棺、黃金座椅就可以蓋一棟氣派的新大樓，不是嗎？）亞希提到了某法老王的黃金手杖，我整個鼻子都貼在玻璃櫃上，說：「手杖在哪裡呀，我沒瞧見。」亞希說：「就革命那幾天，警察躲起來了，博物館無人看守，有人大搖大擺拿著鐵槌走進來，鏘一聲敲碎玻璃就拿走啦。」

革命那幾日，開羅呈現無政府狀態。亞希說穆巴拉克的兒子本打算把開羅動物園的獅子老虎全放出來，咬死街頭群眾。這樣壞心眼的統治者，難怪盡失民心。在古埃及，誰要憎恨著敵人，誰就將敵人石棺上的名字抹去，如此他的靈魂將找不到自己的肉身，無法轉世為人。穆巴拉克花近三十年的時間，把自己的名字刻在學校、醫院、地鐵等公共建設上頭，可下台三天不到，他的名字就在開羅如煙消逝。

比較起來，薩拉丁（Salah ad-Din）就幸運得多。這個率領埃及人抗十字軍的大英雄，於一一七六年在摩卡坦山山腳下所建的古城堡（The Citadel）仍以他的名字命名。高高的尖塔和圓頂襯著藍天白雲，自遠處仰望，像電影《綠野仙蹤》的奧茲國那樣魔幻。沿著斜坡上城堡，路程未到一半，穿著警察制服的男人跳出來擋住了我們的去路，說禁止拍照攝影。亞希亮出了我們事先申請的拍攝許可證，那男人仍拚命搖頭。一言以蔽之，我們就是沒有付足夠的錢。革命過後，誰都是各據山頭，各自為政。

「好吧，那我們到死人城去總可以了吧，好歹死人不會跟我們討錢。」亞希恨得牙癢癢地說。埃及面積約莫一百萬平方公里，國土九成六都是沙漠，八千萬人住在百分之四的綠洲上。太擁擠的樂園，沒錢、沒本事的，就被擠到墳墓區與死人爭地。

這個面積約二十七座大安森林公園大小的開羅墳場區，墳場內外住了近三十萬人左右。灰撲撲的破敗建築群像蟻穴，但裡頭水電、商家什麼也不缺。渴了，到商店買可樂喝，與名叫阿拉法的老闆攀談，得知二〇〇二年他暫別故鄉妻小，由南方省分亞斯文來開羅打工，認識了現在的妻子，在墳場區開小雜貨店。二妻四女，改朝換代，阿拉法覺得他的日子沒有比此時此刻更快樂。

來開羅的重頭戲當然是吉薩（Giza）金字塔風景區。下榻的 Oberoi 飯店就蓋在風景區邊，一開窗就能看到金字塔。這飯店原是埃及國王為歡迎法國王妃來訪時蓋的行館，後來輾轉變成 Mena House 旅館。阿嘉莎．克莉絲蒂的《尼羅河謀殺案》，有錢的英國貴族來開羅度假，住的地方就是這裡。飯店長廊上的燈、牆上的雕花，像《天方夜譚》中的宮殿，異常華麗。經過一個羅斯福套房，牆上掛著照片，是羅斯福、邱吉爾、蔣介石在花園的合照。看到照片腦海轟然一響，原來，開羅會議就是在金字塔風景區旁舉辦的呀。

一九四三年，三巨頭在開羅開會，定同盟國協定，決定出兵攻打日本，這是歷史課本教我們的事。可課本沒告訴我們，他們居然選在一個觀光區開會。那開會時，老蔣會不會跟老羅和老邱說，嘿，我們就隨便把會開一開，快快去看金字塔吧？

位於開羅市郊的吉薩金字塔群，又稱吉薩陵墓區，古夫（Khufu）、卡夫拉（Khafre）、曼考（Menkaure）三座金字塔坐落滾滾黃沙之中，乃世界七大奇蹟中最古老的建築物。文明敗給了時間，時間又敗給了金字塔，地球上幾大文明起起落落，王朝更迭，然唯有金字塔能屹立於地平線上，近乎永恆。

金字塔建造於西元兩千七百多年前，建造原因眾說紛紜，至今仍無定論，有說是金字塔是建來當法老陵寢，保存肉身不朽；有說是祭神；也有說是法老為了展現自己功蹟，特建了金字塔供人膜拜，千秋萬世直到永遠。誰都想要被牢牢記得，誰都想要永垂不朽，然而我們鑽密道走進紅色金字塔內部，只聞到某個缺德鬼在裡面小便，濃濃的尿騷味。

文明太古老，在開羅市區打轉，隨便一個景點都是一百年起跳，來到了有八百年歷史的哈利利市集（Khan el-Khalili）。街道如葉脈一樣交錯著，兩側林林總總的店鋪，賣茶葉、賣水菸。暗暗的香水鋪子裡，小師傅從身後的櫃子信手拿幾個精油瓶，滴了幾滴就能調出與香奈兒五號一模一樣的氣味。暗巷裡，貼在牆上肚皮舞孃海報被陽光曬得泛黃，光束裡的金色塵埃讓人迷惑了雙眼，這市集是個迷魂陣，讓人走進去就無法抽身。

於巷弄穿梭，一個小販好心來帶路，順手就往我頭上擱了頭巾，「瞧，多俊！」小販在我身邊打量著，好像真心為我高興似的，但接下來他會說他是中學老師，有蒐集異國錢幣的興趣，可否給他幾枚貴國錢幣供做紀念。這些人嘴巴麻利，頭腦機靈，見我不上當，又伺機兜售拉美西斯的磁鐵。大能的法老變成了市集上紀念品，而他的不朽肉身，仍孤單地躺在紀念館裡供人指指點點，這就是永生的代價。

擺脫小販，殺出暗巷來到廣場，視野陡然一亮，頭頂麵包籃框的男人吆喝如歌，咖啡館男人三三兩兩坐著抽著水菸，男男女女分食著富爾（fuul）——煮熟的蠶豆與蒜泥、檸檬汁、橄欖油、鹽巴、香菜攪拌，與大餅、白煮蛋一起吃，好吃得不得了，空氣中混著著食物香氣和笑聲，正如亞希所形容，「有一種節慶的味道」，但節慶不是因為他們把誰拉下台了，而是百年以來的生活日復一日就是如此。

翁達傑的大象動物園

斯里蘭卡．阿褥羅陀普羅

迂迴的候機轉機，大中午自桃園機場出發，台北、香港、新加坡，午夜十二點，飛機降落斯里蘭卡內貢博機場，來到預定民宿是半夜一點。深夜入住彷彿闖進了他人的夢，輕手輕腳刷牙洗臉，瞥見客廳牆上掛鐘指著七點五十八分，一只壞掉的鐘。旅途勞頓，睡得極淺，偶爾被窗外不知是槍響還是鞭炮驚醒，忽然想起此為南亞海嘯現場，就睡不著了。

然而種種恐懼、顛倒夢想，次日，都在金黃燦爛的陽光下飛離。推開窗子看見海，印度洋。沙灘上數名男人如臥佛一樣橫躺地上閒聊，結伴野狗沿著沙灘邊緣走。民宿老闆上樓來致意，我說你家時鐘壞掉了，他說沒壞沒壞，那是他一日在海邊散步撿來的，時鐘停留的時刻，是大海嘯來臨的時間。

早餐未吃完，司機就來了。名叫修里的中年男人，僧伽羅人，五十歲，將負責接下來錫蘭十四天的交通和導遊。為摸清他的底細，一上車就問他的家庭狀況。他說老婆死了，我連聲抱歉，說很遺憾聽到這些。他用英文講了一串話，大意是兒女養大了，手邊有些閒錢，當個鰥夫也不賴，我愣了一下，這句話翻譯過來，不就正是畢飛宇小說《玉米》中的金句：「中年人三樂，升官發財死老婆」？

由內貢博北上往文化金三角的路上，修里一直暗示我這邊染布木雕極好，可繞過去看看，可我不是裝睡，就是低下頭研究地圖。文化金三角泛指阿㝵羅陀普羅（Anuradhapura）、波隆納魯瓦（Polonnaruwa）、西葛里亞（Sigiriya）三處古城，距西濱首都可倫坡約二百一十五公里。斯里蘭卡七大遺跡列聯合國世界文化遺產，三古城外加丹布勒（Dambulla）就占了四處。

上午十一點半自內貢博出發，抵達阿褥羅陀普羅已是黃昏。修里推薦城東一家招待所，不知怎地，我偏偏要按著《Lonely Planet》的介紹選城西的客棧，不讓他如意。背包客旅行，往往是這樣，把錢包當親生骨肉來保護，視當地人為人肉販子，都是來拐小孩的。但自選的旅店也不如自己的意，房間沒有棉被桌燈，連閱讀都非常不容易，遑論上網？想想這雨林中的客棧昔日是僧侶修道院，現下沒有聲光娛樂，深夜一人森林獨處也和修行沒有兩樣了。

跟櫃檯要了蠟燭就著微弱燭光讀《Lonely Planet》，預習阿褥羅陀普羅歷史：西元前五世紀，印度王子維加雅（Vijaya）率七百壯士渡海至斯里蘭卡建錫蘭王朝，王子聽占星師言，在阿褥羅陀星座（即天蠍座）下建城定都，故阿褥羅陀普羅又稱天蠍座之城。西元前二四七年傳入佛教，一時間街道往來盡是黃袍僧人，梵音不絕於耳。直至西元一〇一七年，王權凋敝，勢力由波隆納魯瓦王朝取代。古城在叢林裡隱匿千年，至一九一二年才被英國人發掘。

旅行第三天，我在古城中晃遊，可沒半天的時間就全都搞不清楚哪座是哪座了。經過了一個佛塔，一時尿急只好在佛塔外的樹叢撒一泡尿，走遠了，才猛然想起那是東晉高僧法顯抄經參拜的古剎。全搞混了，只記得空氣中燃燒過後的乾燥、赤腳踩在礫地的熱燙，和弄蛇人的笛聲。

始終在路上。

離開古城前往波隆納魯瓦，計畫以一天一個古城的進度遊歷。這座菩薩凝視的島嶼每個十字路口都有基督聖像或清真寺，比較廉價的神祇則為電線桿上的競選海報。總統選舉日將至，競選文宣無所不在，修里都說有二十幾名候選人，然而我怎麼看都只有一個人。大頭照底下畫一枚葉子打叉叉，更之前看過另外候選人海報印著一隻天鵝旁邊打叉叉，本來以為是禁殺生禁菸草的競選訴求，可修里說原來這兒識字率不高，文盲不認得候選人名字，只認選票上印著的天鵝和葉子做選擇。

我依舊和修里唱反調，選了圖帕威瓦湖（Topa Wewa）湖畔的波隆納魯瓦招待所（Polonnaruwa Rest House）。《Lonely Planet》說伊莉莎白女王二世和那個不愛江山愛美人的溫莎公爵曾經下榻此處。招待所殘破不堪，房間有潮濕霉味，可清晨又是另外一番光景，未散的霧氣洗去了湖上種種顏色，僅剩黑與白，景色如水墨，偶爾飛鳥掠過如缽一樣湖面，泛起點點漣漪，旋即恢復平靜。

我和修里抱怨何以連日幾家客棧招待所採光都不好，修里說：「先生，敝國長年內亂，村落裡沒有人會在暗處裡點燈等著敵人上門的。」修里的回答已然是詩，他說斯里蘭卡人習慣藏匿黑暗中，在黑暗中讓人安全。

篤信佛教的僧伽羅人和伊斯蘭教的泰米爾累世的恩怨難分難解，波隆納魯瓦辛哈里王朝華麗王宮神廟，遭到南印度泰米爾族入侵洗劫，來到舊日皇宮所到之處無一不是廢墟。皇宮花園裡，盤坐的佛被砍下首級，脖子上可見清晰刀痕，新鮮的傷口。皇宮最著名的景點自然是南方四尊或站或臥的佛像。一尊側圓寂的臥佛，臉上掛著笑，姿態像是我在客廳橫躺沙發看綜藝節目的癡癡傻笑。佛圓寂臉上掛著笑，非常柔美，耶穌基督被釘上十字架，一臉悲戚，兩大宗教面對生死，態度完全不同。

廢墟中散步聞到誘人香氣，芭蕉樹下有人炸香蕉，一群孩子排隊。那香氣太誘人，我也混入排隊隊伍，排到我時才發現錢包擱在修里車上，誰知那穿著如乞丐一般襤褸的男人笑咪咪遞了炸香蕉說他是木匠，不是來做生意，只是日前一項工程有了盈餘，來這裡享受助人的快樂。

返回修里的車，看見他低頭專注寫著東西。問他在幹嘛？他說有時在車上會很無聊，他習慣把每次工作的見聞寫成日記。他揮一揮手中厚厚的筆記本，得意笑說，寫了十年，很有恆心吧。修里笑得極誠懇，不知怎地，在那一刻我突然覺得應該相信他一次，不該事事猜忌，於是說，修里，你說你有個朋友可以帶人去叢林看野生大象，你可以替我安排一下嗎？

修里打了手機，五分鐘後一個笑嘻嘻的年輕人駕著吉普車出現在我們面前，這個叫做阿里的少年開著車帶我穿越叢林。黃沙滾滾的黃土路後有小孩子揮手追逐著，阿里為我指點沿途風景：那枝枒上小小的鳥正在跳動看到沒？那是綠巨嘴鳥蜂虎，這是翠鳥咧嘴鸛彩鸛魚鷹。我什麼都看不見，我什麼都分不清楚，不過礙於他的熱情，我只得騙他說我都看見了。

我們在湖畔等待象的經過，守株待象。忘記了時間，忘了正在等待，就看見了，草叢裡有什麼東西竄動著，看清楚了，大象出現了，一頭二頭三頭……一共是十四頭大象，安穩地吃著草。田野大樹上有農人在樹梢上睡覺，象群出現了亦不驚擾一番好夢。那景象和我在皇宮壁畫上的一樣。一千年前的農民生活和此時此刻也沒有什麼不同。皇宮廢墟意味著時間的消亡，或者說時間在此是不重要的，誰蓋了大廟，誰的王朝傾落了，這對田野裡的農夫也沒有什麼關係，叢林裡只有四季輪迴，動物時間。

那是很棒的叢林旅行，接下來數日我全聽修里的安排，由他替我張羅行程，西葛里亞建於巨岩上的皇宮、丹布勒洞窟的華麗壁畫，旅館當然也交由修里處理，他找的每一家旅館都有燦爛燈火輝煌照明。想收服一個人，就得乖乖交出自由，甘心受他擺布，如此便能讓他全心全意替你辦事了。

直到世界盡頭

斯里蘭卡・坎迪

手中拿著一本二〇〇九年的《Lonely Planet・Sri Lanka》。

書攤開第一頁即斯里蘭卡地圖，約莫台灣兩倍大的國土被化約成為彎彎曲曲的等高線，以及花花綠綠的色塊。國境以西的棕色色塊是茶鄉努娃拉伊利亞（Nuwara Eliya），專門出產錫蘭紅茶的，我在這裡打了一個星號，寫著「死也要去」。

那裡，有個山丘叫做世界的盡頭（World's End）。世界的盡頭，那是旅行的目的和意義。

世界的盡頭。五個字像咒語又像催眠，在腦海反覆放送，在迂迴的轉機和漫長的旅程中賜予我神奇的力量。西伯利亞大鐵路、吉力馬札羅山、薩彥嶺脊……我對地理上的邊界和極限有著偏執的迷戀。誰小時候都憧憬印第安那瓊斯的英勇冒險，誰都想像超人一樣拯救地球，然而每個人長大後只能癱在沙發上看HBO超級英雄的冒險然後睡去。抵達世界盡頭，對一個逼近大叔年紀的人，無異於征服世界。

然而征服世界的第一件事情即是記得服用暈車藥，因為前往世界的盡頭都是蜿蜒的山路。

旅行第五天，由獅子岩（Sigiriya）往南前往海拔四百公尺的山城坎迪（Kandy）。司機修里賭氣似的開著快車，他千方百計地想要帶我去參觀蠟染店木雕工廠或者做傳統按摩，卻一直被我打槍。路上偶爾看到一個圍著大花染布的男人經過，我問：「斯里蘭卡男人穿沙龍，裡面還穿內褲嗎？」他嚴肅地回答：「他們都是被政府任命的事務官。」旅途中的對話大抵如此了，我的爛聽力和他混和僧伽羅語口音的英文，兩個人注定只有互相誤解的份。

抵達坎迪已半夜，而我住的 Suisse 飯店燈火燦亮如白晝。坐落於坎迪湖畔的雪白洋房雅致如英國莊園，彷彿珍奧斯丁小說裡充滿傲慢與偏見的女人隨時都會跑出來似的。那飯店的前身是十八世紀英國人滅坎迪王朝之後，某英國參事的宅院。辦理入住時，飯店經理頗自豪地說英國女王、日本皇太子都是他們的客人。

旅行第六天，在窗外急切如驟雨的鳥鳴聲中醒來，抓著相機到坎迪湖邊晃晃。清晨五時半，天色混沌未明，分不清樹下走動的是鴨子還是狗，彼岸寺廟燈火輝煌了一整夜，那裡，就是供釋迦摩尼佛牙舍利的寶寺了。天亮了，未散的霧氣洗去了種種顏色，僅剩下黑與白，水墨一樣的風光，偶爾一隻飛鳥掠過如缽的湖面，泛起點點漣漪，旋即恢復平靜。那風景頗有禪意，彷彿盤在樹下，立地即可成佛。

名列聯合國世界文化遺產的佛牙寺為一上下兩層的木造建築，寺內充斥著華美的雕刻和象牙，天花板每一吋空間彩繪滿天神佛，整個空間就像是文具店一樣的擁擠和壓迫。正殿左側就是供奉佛牙的暗室了，層層機關媲美《達文西密碼》：暗室裡鎮著一座金塔，塔內又有七個小金塔，一個罩著一個。最後一個小金塔不到一公尺高，塔中一朵金蓮，花芯有一玉環，佛牙就安放在玉環中間。七層金塔，總共得動用十九把鑰匙始得開啟，而十九把鑰匙又分開，給世襲十九位執事保管，要等到執事到齊才能開啟金塔。

善男信女們五體投地膜拜著。人人都說對著佛牙許願特別靈驗，日本雅子妃到此祈求子嗣，回國後就懷了小公主愛子。對這些虔誠信眾而言，佛堂香煙繚繞背後即世界的盡頭，是離苦得樂的天堂。但對英國人而言，世界的盡頭並不在這裡。

城西南六公里處，有個佩拉登尼亞植物園（Peradeniya Botanical Gardens），那裡本是坎迪王朝的皇家花園，後來英國人來了，見此處風光明媚，心想若把它闢為亡者安息的墓園也不賴，過了幾年想想不對，這奇花異卉這麼多，應設為植物園才是。園內有將近四千種稀罕植物，怒放盛開的熱帶花卉像被馴服一樣，綠油油的草地，按照一定間距打量出來的椰子樹，連蝴蝶都像是打了麻藥，懶洋洋飛舞著。在規劃得宜的花徑漫步，見眼前良辰美景，心底暖烘烘的，若不是下來還有行程，我幾乎要插旗宣布這裡是世界的盡頭了。

離開植物園前往茶鄉，隨著海拔的攀高，熱帶叢林風景也變成連綿不斷的茶園。海拔一八八九公尺的努娃拉伊利亞終年潮濕多霧，種植出來的紅茶味道十足，是世上一等一的茶鄉。殖民時期，英國人也愛到這裡來度假，那街道上全是紅磚砌成的車站、郵局和民宅，儼然是牛津、劍橋一樣的鄉間風景，然而往來盡是頂著籮筐的婦人和穿著沙龍的僧伽羅男子，看上去有種超現實的感受。

天涯盡處，重頭戲是隔日的荷頓平原（Horton Plains）。這是斯里蘭卡唯一一處遊客無須申請專業嚮導，即可自行前往的高山國家公園，當地人都說這裡風景絕美，到此一遊，世界再無可戀之處，故稱之世界的盡頭了。司機修里說因為山區管制，一般車輛無法上山，只得另外找了一輛吉普車前往，由於那世界的盡頭終日被雲霧包圍，僅早上七、八點能見度最佳，所以清晨五點天未亮即啟程。車子在山區繞行，窗外一片漆黑什麼都看不見，應該是茶園一類的風景。車子在某個檢查崗哨停下來辦了入山證，往前開了十分鐘又停下來了。

「就是這裡了，你要去的地方到了，祝你好運吧。」司機轉過頭來對我說。

就是這裡了，我從台北香港新加坡內貢博波隆納魯瓦坎迪一路過來，就是為了這個地方，世界的盡頭。手中緊緊捏著一個信封，裡面裝著友人們交代我帶到世界盡頭丟棄的東西：A女寫給前男友的情書，B男死掉小狗的照片，還有某某人用便條紙潦草寫著「希望老闆被車子撞死」的惡毒心願。

就是這裡了。我閉眼睛，吸了一口氣。張開眼睛，下了車。眼前沒有盡頭的褐色草原對比寶藍色的天空，彎曲的小徑延伸到視線的極端。一個告示牌畫著箭頭寫「世界的盡頭前去四千公尺」，草地上晶晶亮亮，乍看是施華洛士奇的水晶，原來是清晨飽滿的露珠來著。沿途沒有人，只有自己和眼前如畫的風景，世界是一個獨處的房間，四下張望空無一人後索性就把上衣脫掉，腦海中閃過裸奔的念頭，但我的勇氣到了打赤膊就是盡頭了。

坐下來喝水吃三明治，本以為單調的環境卻充滿旋律。自己的呼吸聲、風吹動草原的聲音、遠處的鳥鳴。天氣暖洋洋，閉上眼睛都可以感覺陽光曬在眼皮上的溫暖，太陽光芒從宇宙遙遠的彼端出發，然後灑在自己身上如同祝福一樣，倘若是有信仰的人，此時此刻應會想到佛祖上帝或是阿波羅吧。

早餐吃太久，耽擱了時間，走到了世界的盡頭，果真起了霧。什麼都看不見了。但那個荷頓平原風景已經夠美好，那濃霧中的風景就當作一種未完待續的心願，至於那些朋友們的心願，因為那邊無法亂丟垃圾，所以又原封不動地帶回來。

回程路上，我像完成了什麼大事業一樣愉快地哼著歌，瞥見車窗一個類似正三角形的山頭非常醒目，我問司機那是什麼山？他說：「亞當峰。那可是佛祖圓寂升天，在世上最後駐足之處呢。」搞了半天，我才在「世界盡頭」的起點呀，折騰了，像是玩大富翁擲到了退回起點，頭開始暈眩起來了。

亞瑟·克拉克的太空電梯

斯里蘭卡·亞當峰

沒有人知道亞當峰（Adam's Peak）頂巔那兩公尺的石刻腳印從何而來，彷彿它自開天闢地就一直在那裡。佛教徒稱那是佛祖圓寂升天時留下的，回教徒和基督徒說此乃亞當被逐出伊甸園後的落腳之處，然而印度教信眾堅持那是濕婆女神足跡，並在山上蓋了神龕。世人眾說紛紜，然而位於斯里蘭卡中部山區，海拔二千二百四十三公尺高的山嶽是錫蘭的聖山，卻是不爭的事實。每年十二月到隔年五月，乾季氣候涼爽，無數信眾會在大半夜由半山腰的小村達豪士（Dalhousie）出發，攀爬五千二百多階的山路，到山頂參拜看日出，說斯里蘭卡人一輩子都要到此朝拜一次。

這裡，是錫蘭的麥加，也是科幻小說迷心目中的耶路撒冷。以《二〇〇一：太空漫遊》奠定當代科幻小說之父的亞瑟·克拉克大半輩子定居斯里蘭卡，他曾說斯國是地球上觀察宇宙最好的地方。在小說《The Fountains of Paradise》中，他描述了一座由地球直達外太空的太空電梯，地點就設在亞當峰。換句話說，假使外星人搭太空電梯抵亞當峰，對地球第一印象便是一片燈火輝煌的……呃，夜市。

抵達達豪士已是傍晚，沿著山路兩旁是鐵皮屋搭蓋客棧餐館攤販，背後襯著一座正三角形狀的山錐即是亞當峰。小店門口皆生著一盆火爐，店家生意冷淡一點的，就蹲在火爐旁取暖聊天。我在旅途中丟了帽子，走到一處賣登山用品的小店，指著一頂鐵灰色軍帽用英語問多少錢，小販答五塊錢美金，「哎呀，太貴了，四塊錢吧？」，他摸著頭憨憨地傻笑，一臉的為難。我作勢轉頭離去，亦不見他追上來，只好自口袋中掏出五塊錢說：「請給我那頂帽子。」

戴著帽子晃到隔壁店鋪買餅，誰知小販又追過來，退還給我一塊錢美金，對著賣餅的老漢誇我戴著帽子真好看，兩個人興高采烈，為著一個陌生人而高興著。

回客棧八點鐘就上床，睡得極淺，窗外分不清楚是卡拉ＯＫ還是誦經的音律，似陳雷又似演歌。大半夜起床爬山，感覺如行軍，而房間裡的草綠色蚊帳聞起來也像成功嶺。

凌晨兩點鐘，山路兩旁街燈還亮著，街燈下攤販賣塑膠花賣甜食熱茶賣玩具布偶，沿途登山客來來往往，路程八公里，等於一〇一爬兩次，有時看看攤販，有時看看夜空，倒也不覺得無聊。走了一下子，身體熱了起來，然脫下外套冷風一吹又覺得冷，穿穿脫脫，覺得不耐煩，此時攤販漸漸散去，超前的人一直超前，後來的人還在後來，夜行暗路，誰都是隻身一人。唱歌壯膽，陳奕迅孫燕姿軍紀歌沙漠的駱駝，把自己會唱的歌在心裡哼過一輪，然而卻彷彿鬼打牆一樣地原地踏步，身體開始疲倦，肺部吃力地喘著，每一次吸呼都像颱風一樣急促。

快支撐不下去了，突然腳邊像絆到什麼東西，低頭看見一隻小白狗熱烈地對我搖尾巴，我跺腳發出聲響企圖把狗嚇走，牠倒退了幾步，旋即又黏了上來，腦海突然閃過在第四台佛法頻道聽來的傳說：「人如果沒有好好修行，下輩子就會變成了狗。」蹲下來拍拍小白狗的頭，彷彿對牠說：「小狗呀，我都自身難保了，你去找個善良的人跟他走吧。」

站起來，眼前的路燈順著山勢蜿蜒到天邊，山谷的陰暗和夜空的黑連成了一片，霎時間分不清星光或者燈光，銀河彷彿在前方閃閃發亮，那正是克拉克小說裡的太空電梯吶。壯麗景觀給了我神奇的力量，皮膚頓時湧上一陣舒服的雞皮疙瘩。我對小白狗說：「我們走吧。」一人一狗再度上路，我小小聲地對著狗唱歌，把五月天從第一張專輯唱起，〈瘋狂世界〉、〈人生海海〉、〈志明與春嬌〉，待唱到〈離開地球表面〉的時候，眼前乍現一片橘色的霧，一座神廟在雲霧裡現形。待那似陳雷又似佛經的音樂再度出現，便知道已經攻頂了。

山頂擠滿了人，有排隊等進神廟參拜腳印，有挨在廟門圍牆外睡覺的，還醒著的，喝著熱茶，分享著手中的零食。我和小白狗在人群中找了一個位置坐下來，從他人手中接過餅乾，也將手邊的麵包傳出去，自己吃，也分小白狗吃。突然人群鼓譟起來，眾人起身，眺望東方，巨大的黑暗出現一些緋紅色的斷裂，太陽出來了，光束照耀自己身上，一根一根的，在跳耀。身邊老婆婆眼中綻放著異樣神采，跪了下來，一臉的莊嚴和喜悅。在那樣的時刻，我總是嫉妒那些有信仰的人。

天一亮下山也就快了，六點出發，回到客棧才八點多，洗過澡後，和小白狗道再見，即刻搭六個小時的車返回可倫坡。在山野裡面奔走十來天，再返回繁華都市竟有種恍如隔世之感。觀光客該去的地方都去了，貌似白宮的市政廳、維多利亞公園和 Fort 海濱區。下榻百年歷史的 Galle Face Hotel，迴旋樓梯，挑高天花板，門僮制服上的銅釦擦得晶晶亮亮，和煦的笑容和殖民時期也沒有什麼不同。沿著飯店的草皮走到海邊散步，時近黃昏，金色沙灘上一群人嘻鬧，我整個人恍恍惚惚的，看什麼都刺目，看什麼都不順眼，老覺得這些人不配在這裡似的。

久居斯里蘭卡的亞瑟．克拉克一九六七年被庫柏力克拉回紐約發想《二〇〇一：太空漫遊》的劇本，習慣了大象珊瑚礁印度洋季風，再度回到熟悉西方社會的他，光是搭三站地鐵都有一種他鄉異國的異樣感覺。我雖然還在斯里蘭卡，但知道那是怎樣的心情。

輯三

愛的偽證

和小朋友一起搭飛機

哪裡都不是

供餐已結束，機艙調暗了燈。黑暗中，有人睡著，有人醒著，醒著的人坐著看電影，座位前小螢幕兀自發光，像水族箱，像一個個的顛倒夢想。黑暗中，他頭戴耳機，拉開小桌板，藉著閱讀燈光寫一封長長的信，「當你寄來照片，你已經離開了風景」，寫五個字刪兩個字，續寫十七字，又刪十三字，他始終給誰寫著信，欲言又止，進退兩難，主旨分不清問候或訣別，永遠寫不完的一封信。

身旁的小朋友電影看一半，覺得無聊了，把頭湊過來，問他寫什麼呢？

他說沒什麼。小朋友又把他的耳機摘下來，問他聽什麼呢？他說隨便聽聽，沒什麼。小朋友聽見耳機裡王靖雯呢喃：「我願意為你，我願意為你，被放逐天際。」飛機才剛起飛，小朋友即瞥見他從機上娛樂系統中撈出華語金曲頻道，飛機飛上三萬英呎的高空，飛過一片大陸和海洋，他還留在他的九零年代。

撐過十二、三小時的長途飛行，他仰賴不是安眠藥，不是《復仇者聯盟》、《侏羅紀世界》等好萊塢大片，而是一份懷舊歌單。小朋友與他一起去過很多地方，深知那是他心愛的怪癖，但小朋友還是噗哧笑出聲來：「芭樂歌之夜。」然後便把頭轉回去，繼續看他的電影。他經年游泳和跑步，天天鍛鍊，與小朋友並排坐在一起，看上去像同學、像兄弟，並不顯老，而小朋友偶爾無心的調侃就在兩人之間劃出巨大的鴻溝。

志明與春嬌？男孩說那是五月天和彭浩翔啊，他說，那明明是陳昇、潘越雲男女對唱，或張菲綜藝節目的短劇橋段。小朋友並非懵懂無知，這些芭樂歌「星光大道」、「中國好聲音」之類的選秀節目總有人再三翻唱。酒過三巡，小朋友在KTV也嘶吼著：「你把我灌醉，你讓我流淚。」

小朋友生活不乏華語流行歌，張惠妹、郭頂和草東在他的Spotify全被收拾在一個名為Mandopop的分類。他和小朋友沒有不一樣，他用iTunes在手機上、在電腦前聽歌，懂得把歌曲投放在藍芽喇叭，並未在時代的進行曲中落拍，他想，小朋友與他的差異，是他們如何對待一首歌。小朋友iPhone在手，指尖一滑，就能掌握一整座唱片行，一張徐佳瑩歌單引出田馥甄，李榮浩替去薛之謙，男孩在音樂串流裡緣溪行，忘路之遠近。

他們不同之處是他把一張又一張實體專輯輸入電腦資料庫，堅持正確的曲目和封面。小朋友見狀總要哀嚎著：「拜託～～五月天都說不發實體專輯了，還CD咧。」他坐在電腦前聽歌時，心裡總有一張看不見的光碟旋轉著。他在維基百科上讀過一則冷知識，一張一百二十公釐光碟至多容納七十四分四十二秒的音樂。僅能存放七百MB的載體狹隘且封閉，如同旅行帶回來那個玻璃球城市，但他知道，按下PLAY鍵，他會隨著音響裡一道雷射光，穿透進透明的世界，時間再也奈何不了他。

六月的茉莉夢。標準情人。想要彈同調，就是喜歡你。鍾愛一生。跟你說聽你說。浪人情歌。新鴛鴦蝴蝶夢。夢醒時分。不是每個戀曲都有美好回憶。愛上一個不回家的人。愛的代價。瀟灑走一回。大雨。加州陽光。

漫長的夜間飛行，他大興土木擴建著記憶的資料庫，華語流行歌是時代的壁紙，給予他蒼白青春所有的富麗堂皇。彼時，他在國文課寫論說文的起手式是：「時代考驗青年，青年創造時代」，但他要到很後來才恍然明白一個世代年輕人們的自信其實都是時代的富裕所給予的。彼時，威權的手鐐腳銬才剛解下，整個世代隨著飛翔之島騰空，創作的真氣亂竄，搞音樂出版股票，弄劇場電影藝術，只要不過不失，誰都可以賺一桶金，誰都是壯志凌雲，誰都樂觀向上，誰走在街上都哼著歌，哀傷的情歌要唱得元氣淋漓，夢醒時分過後才發現台灣錢淹腳目。

彼時，他什麼都不能做，未成年，小朋友一樣的年紀，卻不是誰的小朋友，站在鏡子前，臉泛油光，長滿青春痘，面對一名憂鬱的胖子，他厭惡他自己。他在收音機旁聽歌，在電視機前聽歌，他用明信片票選他的金曲龍虎榜，寄到電視台去，「ＯＨ～啥咪攏不驚！ＯＨ～向前走，ＯＨ～啥咪攏不驚！ＯＨ～向前走。」他不是那種功課很好，體育表現傑出的人，他不知道是否能活過中學生活，只能哀傷地幻想跳上一列漸漸啟行的火車，遠離令人窒息的故鄉和親戚。

他心儀的女作家說現代人總是先看過大海的照片，然後才第一次看見真正的海。而他這一代人，在還未戀愛前，已經學會聽情歌，尚未牽過誰的手一起散步，便知道「我和你吻別，在狂亂的夜」；未成年禁止飲酒，卻懂得「凝心不驚酒厚，狠狠一嘴飲乎乾，尚好醉死，勿擱活」，幼稚的人最愛故作世故，在學生週記虛張聲勢喟嘆著「愛有多銷魂，就有多傷人」，唱歌的，寫詞的，全是淡水河邊 men's talk，陪他在忠孝東路走九遍，事先預習了一整套愛的教育。

小朋友電影看完，覺得無聊了，把身體倚過來，耍賴地對他說：「你說你以前如何認識人的故事給我聽嘛。」他為男孩佩戴另一半的耳機，在時代的靡靡之音中，他重考，上大學，說彼時他們騎機車不戴安全帽，看電影，得翻報紙找場次時刻表。他的每一部周星馳王家衛都在大銀幕看院線，沒有手機的日子，跟誰約好星期天上午十點在西門町真善美見面，就是十點鐘，常存抱柱信，豈上望夫台？沒有網路覆蓋的上個世紀末，男孩們的感情生活蠻荒如七爺八爺鄉野奇譚，故而他自嘲地對小朋友說：「年輕的時候啊，我十餘年費心蒐集的色情照片加總，或許都不及你一個小時滑手機，不三不四的網站閱人無數。」

螢幕裡一個又一個漂亮的身體閃閃發亮，美好的笑容，喜歡就向右滑，謝謝再聯絡向左滑，經濟不景氣的年代，小朋友娛樂生活如此豐饒，而他富裕的少年時光，與此相較是太荒涼。「Kevin，男，二十六歲，給我酷兒，其餘免談」，「黎耀輝，男，二十八歲，尋找他的何寶榮，愛情不是一場歡喜，激情卻像一陣呼吸，不如我們重新開始」。他本想為男孩說一個他如何在這些歌曲中丟掉貞操的故事，但詞不達意，都變成了他對這些華語流行歌曲的喜歡，流行四十五轉，他在旋律裡啟蒙，戀愛，心碎，也在歌裡領悟。因為匱乏，想像遠比想念來得重要，一首歌、一個人得來不易，故而遇見了，只能全力以赴。說小朋友的年代裡沒有好聽的歌是不對的，他耳朵還是能欣賞好歌，但他真的無能像從前一樣，讓旋律滑過皮膚，在歌詞裡壓著聲音痛哭，用身體真真切切去愛一首歌了。

如果雲知道。姊妹。日光機場。囚鳥。孤獨的人是可恥的。只愛陌生人。征服。遺憾。絲路。天空。值得。愛像太平洋。鴨子。掌心。忘記你我做不到。Silence。愛情多惱河。感謝無情人。無字的情批。鏗鏘玫瑰。

他忘情地呢喃說道：「能在這些歌裡度過青春期是一件多美好的事情啊。」

談論情歌，他說的也許是個殞落的年代。他以前讀過一篇《紐約時報》的報導，說流行文化的循環是四十年一個大循環，二十年小循環，深信鄧麗君、鳳飛飛、校園民歌之後，他的少年時代將會復辟。一部經典電影數位修復，心愛的小說重新出版，當新的文明無法生產新的事物，他們只能頻頻回顧，然而歲月如歌，翻唱復刻混音，都不是他最初的心聲了，「活著：被我所願意的事物包圍，獨獨無法觸及巨大的圓心。」

小朋友不在那兒，小小聲地打了一個呵欠，發現那不是自己想聽的色情的故事，把頭別過去，鼻子貼在窗子上，像人造衛星上的小狗面對窗外的黑暗發問：「飛到哪裡了？飛過換日線了嗎？」男孩企圖把手錶調回原來的時區，他前言不搭後語地說：「那些時代懷舊和鄉愁，其實是愛的徒勞，萬事萬物除以一，還是原來的自己。」喃喃自語像夢囈，像獨白，他不清楚他們是否飛過換日線，處在哪一個時區中？但心裡比誰都清楚，他跟他的喜歡的歌留在每一個昨天了。

（九歌一〇七年散文選文）

男孩A

美國・紐約瓊美卡

抵甘迺迪機場，通關領行李，攔車進曼哈頓。車窗外落葉一地金黃，初秋景色，褐色平房綠草皮白圍籬，典型中產階級地產，瞥見招牌Jamaica，心裡重重一跳，此處是先生和男人A住的地方。瓊美卡。

「就是這些樹從春到夏一直在這裡，我不注意，忽然，這樣全黃全紅整身招搖在陽光中（鳥在遠裡叫）。這些樹瘋了。」

秋色如此迷人，開始懷疑電視上那場暴虐颶風是否為杜撰的夢。

臨行前致電下榻旅館水電是否正常，對方一派輕鬆地答是。然而辦理入住櫃檯報上噩耗，說這幾日無熱水和暖氣，亦不知何時恢復正常，若改變心意欲另覓他處投宿亦可，行李歡迎暫放此處。轉身就要走，門外有雨，繁密的雨夾纏著雪花，下午四點，天已暗了一半。

「要有多麼好的心情才能抵禦十一月的陰雨天氣？」

扛行李上四樓，走道點滿蠟燭，亮晃晃的像招魂。小房間裡看電視，某頻道定格於時代廣場十字路口，風雪不止，畫外音兩男人談論颶風，呼籲觀眾人溺己溺人飢己飢，口氣放了太多感情，如像是莎士比亞《暴風雨》。這日美國總統大選，我這裡靜悄悄地。晚上，想著明天與男人A的會晤不知如何是好，男人A就來電，說自己在市區研討會已結束，又是雨又是雪，交通癱瘓，可否借住一宿。我說當然好。

「你再不來，我要下雪了。」不，雪已開始下了。

看電視，等人來。是，「人是在等人的時候老下去的。」

來人了，叩叩叩，木頭叩門聲相當有表情。開門，節制地笑。飛機上的茶包零食待客，夜談，持續到深宵。耳朵嗡嗡作響，臉頰發燙，時差令人恍惚，這一分這一秒有青春期的時間感。

「男孩繫球鞋帶而抬頭說話很好看。」等於在男人A臉上與木心發現同一個句子。更正，那時應稱男孩A，男孩發育中，等著長成男人。男孩A是他們那個城的第一志願，我是我們這個鎮最壞的學校，國語文競賽偶爾相遇了，變成朋友。大學放榜的那個夏天男孩A來我鎮小住，學騎機車，無所事事地亂晃，「用不完的時光，常想如何一次用完它。」

男孩A遠大前程寫在完美的圖紙上，國考資格、托福成績、志工服務、履歷漂亮，寫詩於他只是完美蒸魚上的香菜紅椒，無非點綴。不似我，這個也不會，那個也不會，艱難地學會了一種本事，認得幾個字，只能牢牢掌握著。

「青春真像一道道新鮮美味的佳餚，雖然也有差些的，那盤子總是好的。」焉知盤子亦有Wedgwood與盛炒米粉白色薄保麗龍紙盤的差別吶。

保麗龍少年讀什麼？讀木心，不然還能讀什麼？舊書店裡得了一本《瓊美卡隨想錄》，先生歐洲寫成歐羅巴，牙買加是瓊美卡，杜斯妥也夫斯基作陀司退亦夫斯基，嘆息總說太息，修辭有奇異情國情調。論美學講音樂史的部看不懂先跳過，光看俳句。感情的短句，冷冷發著光，像匕首精確地插在背脊上，又美又狠。

「唯有愛徹全心，愛得自以為毫無空隙了，然後一涓一滴、半絲半縷、由失意到絕望，身外的萬事萬物頓時變色切齒道：你可以去死了。」

未體驗過真正的愛戀，先讀了這樣的句子不知是福是禍。往後幾年，手忙腳亂愛了幾場，「倉皇成戀，婉轉成讎」，事後細細思量，內心曲折也不過那幾句，不知是被蠱惑了，為實踐這樣的話，才把自己搞砸了，還是那感情的籤詩早埋伏在那兒等著去應驗？

「農舍炊煙升起／我們在床上／天色還沒夜下來／鄉村總有人吹笛／我們窮／只此一身青春／我們在床上／簷角風過如割／淒厲，甘美／黑暗中笛聲悠慢／香熱汗體／我們在床上／小屋如舟」是故，後來讀到這詩總想到與男孩躺在老家床上那一夜，誰都不敢輕舉妄動，小指硬而發燙，如同菸蒂又如其他，微微觸碰燙傷一樣彈開，夏夜爬過皮膚，天亮了。「一切可能，以致一切不可能。」

床上翻過身，青春便拋在背後。異地旅館各敘別情，男人A說起他鄉異國的掙扎、心情的不快樂。我答，某人說很多人的失落是違背了自己年少時的立志，自認練達，自詡為精明，變成年少時憎恨的那種人就以為成功。此時此刻你應該很恨自己吧。

他問誰說的？說的真好。我答，你無緣的鄰居，木心，二〇一一年死了。

他說你還讀木心？我說是。作家死後，書一本一本地出，大全集，裝幀印刷設計一切皆美，除了書腰上貼著七九折貼紙，貼在好看的書本，像美麗臉上的惡瘡（謝天謝地先生死了看不見）。但書還是一本一本地看，為自己的中年而看，從他的書中想像著自己的中年，珍重的自己的中年，也尊敬他人的中年。重讀先生作品，那種匕首的鋒利感已經不察覺，取代的是一種類似先生站在故鄉河埠望川的心情。他說著墨綠的河水慢慢流過，童年的河水流在暮年的河道上，一圓片一圓片地拍著岸灘，毫無改變。我重讀的感覺就是這樣，漣漪一圈圈泛在心情上，微有聲音，不起水花。「人之著書非為稻糧謀，多半是寫信給未來的親友」，我厚顏無恥地以為這些書是寫給自己的。

先生耽美、豔羨青春，記得他寫過見暴徒受死，感嘆的並非人之將死，而是白白糟蹋暴徒一身精壯肌肉。能出此語，必然嘗過青春甜頭，盤子和上頭的佳餚必是極品。常理是身為極品，被捧得有多高，當青春大勢已去，摔得便有多重，李太白的詩血淋淋地就剖在那兒：以色事他人，能得幾時好？然則先生不在此例。新書有多幀他晚年照片，眼神澄澈，翩翩風度，小津安二郎電影裡的儒雅老紳士。想想年輕時心儀的偶像，一個個崩壞，一個個失言失儀，老了還能像先生保持風範簡直是一種美德。先生半生際遇如大觀園崩壞，但我想不出哪個寶玉劫後還能這樣好看。

怎麼可能不是賈寶玉呢？先生出身富貴人家，左耳朵戴只金環，少年時出遊，一個指環舊貨攤唱片堆買貝多芬交響曲，No. 1-No. 9，富貴公子賞心樂事，勤勤懇懇地寫，偶然遊靈隱寺求得一籤，「春花秋月自勞神，成得事來反誤身，皇天不福苦心人」，命運來勸說，仍舊要寫。果然，文革來了，「十分之三的手指被厄運折斷」，入獄，二十餘冊的手稿劫毀，死裡逃生，仍舊氣定神閒，「莎士比亞、貝多芬都趕上大街來批鬥，我安之若素，因為無損莎士比亞、貝多芬一根毫毛，而有莎士比亞、貝多芬存在的世界，我為何不愛，為何不信，為何不滿懷希望？」他說。

人到中年啊是開懷暢飲的嘉年華，中年的他某次受訪又說，人生列車開到「開懷暢飲站」時下來買酒，一回頭，車開走了。他站在月台上，下面的「耳順站」他不打算去了，準備改搭特快車、越過耳順，直達終點。夜是深了，不過是白夜，開懷暢飲的時候。離開青春大觀園，先生的後四十回，中年老年還順著自己的少年，優雅而幽默地悼金悲玉，等於逆寫了一部《紅樓夢》啊。

男人A聽到這，打了個呵欠，身體蹭過來在耳邊說，好冷，這回硬而發燙已非小指。我挪過身，微微拉出鴻溝，都是成年人，這樣說的意思應該很明顯了。此舉並非自己多純潔，而是人生總有一些事物本來比性慾更器重。背對著張著眼睛說睡了，心像一截菸蒂溫柔地燒著，燒成菸灰，彈落。天就亮了。

隔天，男孩A套上西服戴手錶衣冠楚楚地開研討會，他說，我若早結束會打給你，一塊吃飯？好啊，我說。他與我如老外一樣地擁抱，退場。我開窗，天晴了。庭院一棵禿樹掛著小小的冰柱和殘雪，枝枒上黏著兩片樹葉浩劫重生似的，風一吹，我便像看著連續劇的大結局那樣看著樹葉掉下來。

「曾經愛過我的那一個，才可以去死了。」

白狗一夢

印度‧拉達克

前任和我的掌心皆抄著同一個咒語，「唵，普隆，娑哈。唵，阿彌達，阿優，達底，娑哈」，什麼意思啊？不知道，老鳥領隊僅說：「這是尊勝佛母心咒，你們照著唸就是了。有情眾生持咒一千遍，能除無明障。畜生臨終前聽聞此咒，來生將不落畜生道。」

我坐旅館樓梯台階小聲唸咒，前任陷在大堂柔軟的沙發裡滑手機，臉上微笑若有似無。領隊清點人數：伊通街畫廊經理坐沙發另一頭讀書，讀遠藤周作的《深河》，ＯＬ三人組在旅館中庭花園拍照打卡，歷史系教授夫妻和花旗銀行退休高層還在餐廳用餐，瑜伽老師和她的學生已經躲在車上擦防曬乳，文山區阿嬤跟冬山河阿嬤去洗手間，「ＯＫ，人到齊了，準備上車囉，檢查一下，護照錢包相機假牙都帶齊了嗎？」領隊催促眾人上車，「欸，馬大哥咧？馬大哥怎麼不見了？」「高山症，昨天晚上量血氧不到七十，我們的導遊連夜送他去列城的醫院了。」

上車，出發。本該三人坐滿一輛四輪驅動吉普車，卻少了一個人吶……我低頭唸唸有詞，「唵，普隆，娑哈。唵，阿彌達，阿優，達底，娑哈。」這件事情是這樣的：前任和我參加一個兩個禮拜的北北印旅行團，旅行的第四天，在喀什米爾前往拉達克的山路上，我們所搭乘的吉普車疑似撞死了一隻狗。

其時，我坐前座，見一道影子從路上閃過，看上去像是一條狗，我不確定，隨之聽見一聲悶響，司機小哥和我對看一眼，彼此眼神皆流露驚惶神色。下車檢查，車子、輪胎無血跡，一條山路往前、往後各走了五百公尺，山溝裡、草叢中，什麼都沒有看見，「撞到東西了？」我聽見自己的聲音在發抖，司機小哥搖頭。搖頭在印度人的肢體語言裡是「yes」，但我不明白他的搖頭是以印度人的身分回應我，還是一名洋化的旅行社司機？活未見狗，死未見屍，我們可能撞死一隻小動物，可能是幻覺，跟老鳥領隊講這件事，他便傳授了尊勝佛母心咒，說唸了就能消災解厄。

印度小哥健談，整趟旅途中能侃侃而談他在斯里納加成長的童年趣事，也能說印度人和喀什米爾人的瑜亮心結。這一早才剛上車，他便笑瞇瞇地問我昨天晚上睡得好嗎，今天早上做了什麼？我一早醒來又跑去阿奇寺（Alchi）。這座佛寺由大譯師仁欽桑布興建於十一世紀初期，千年古剎名氣很大，大得足以成為拉達克的代名詞。但它規模也很小，小得跟尋常農家院落沒兩樣，一個佛塔、三座佛堂、十來棵杏桃樹，整座寺院快步繞一圈不過五分鐘時間，但佛堂裡不厭精細的壁畫我可以看上大半天。

早上八點鐘，寺院僅我一個人。風吹過樹葉沙沙作響，空中有鳥鳴聲，有一顆杏桃自樹梢掉落地上清脆聲響。三層堂（Sumtseg）內，光線自窗櫺斜斜射下來，三千大千世界碎裂成眼前一片金色塵埃。近看牆上壁畫，鼻頭簡直要貼在牆壁上了，仁欽桑布建廟時，神佛造像量度尚未被嚴格規範，寺院畫風融合波斯伊斯蘭教和印度教風格，文殊菩薩神似濕婆，綠度母臉上一抹詭異微笑如伊藤潤二筆下的富江，漫天神佛，造型天馬行空，諸相非相。

然而那廟堂氣氛實在莊嚴，不由自主在菩薩塑像面前盤腿唸《心經》，迴向給那隻冤死的動物，往昔所造諸惡業，一切我今皆懺悔——家裡的貓貓狗狗死掉，我都是這樣做的，「觀自在菩薩行深般若波羅蜜多時，照見五蘊皆空……」閉上眼睛一字一句唸下去，唸到「無苦集滅道，無智亦無得，以無所得故」反覆跳針，因為以往總是拿著手機一邊看著螢幕一邊唸經，「以無所得故」下一句是什麼？我忘記了。

早上做了什麼？我早上就做了這些事，但不想對司機小哥言明，隨口胡謅賴床睡覺，睡到自然醒，便低頭唸咒。一旁的前任側過身，指尖在手機飛快地指指點點，眉頭深鎖，面色凝重。這一早，沒有誰有交流的意願，整輛車異常安靜。車禍那一日，前任坐後座，什麼都沒看見，衝擊沒這樣大，但他並非不愛狗，手機那頭與他LINE來LINE去的男孩恰好是個犬顏。我與他結伴旅行，面對良辰美景，他心思總在手機那頭，旅途中始終存在看不見的第三個人。

一度，身邊人的名字是另一個咒語，他給我極樂世界，也給我阿鼻地獄。在一段不對等的關係經百千劫，心深傷透也曾暗暗發誓：「從今以後，只要能夠傷害你，讓你痛苦的事，我都會盡量去做。」若干年前，我從上海出發，橫越南疆，抵達喀什，來到紅其拉甫口岸，在中國巴基斯坦邊界，等於用一趟遙遠的旅行解開了這個人下在我身上的咒語。到如今我們在喜馬拉雅山脈的另外一頭，他這一秒微笑，下一秒皺眉，為了另外一段感情患得患失。

他被另外一個人下咒了，時間傷害了他，也讓他痛苦，已經不需要我動手了。

一段旅途，他在網路漫遊，我在公路顛簸。喀什米爾通往拉達克的山路雖以高速公路名之，但多數路段是未鋪柏油的碎石路。視線瞥向窗外，拉達克是印度中國巴基斯坦三國交界，火線邊防，沿途是一個又一個的軍營。漫天風沙中，迎面駛來的軍用卡車灰頭土臉，殘破如牛車、馬車，工人手持原始的鐵鋤和圓鍬施工，若說他們正在蓋金字塔或萬里長城我也信，但這裡不是埃及或中國，這裡是印度，沿途交通號誌古怪的標語如同幸運餅乾籤詩：「Start Early, Drive Slowly」，「East Or West, Drive Safe Is Best」，「Train Hard, Fight Easily」，印度人古怪的幽默感從來不會教人失望。

這個夏天即將結束的時候，我們從印度教的德里出發，抵達伊斯蘭教的喀什米爾首府斯里納加，在達爾湖船屋住兩個晚上，隨之是索瑪、卡吉爾、阿奇，一路開往拉達克。沿途風景從清真寺廟變成五色經幡，旅途第七天，終於抵達列城。這個海拔三千五百公尺高山小城人口約三萬，卻是拉達克最重要的城市。它是古絲路上貿易重鎮，玄奘取經取道該處，拉達克王朝建國，亦定都於此。九到十二世紀列城為吐蕃領地，故而風俗與信仰與西藏相同。印度現今佛教信仰人口僅零點七，九成佛教徒又都居住在拉達克。

列城大小寺院近二十座，善男子善女人來此是為了到黑美寺（Hemis Gompa）、提克西寺（Thiksay Gompa）禮佛，但我和前任脫隊，在老街上喝茶曬太陽，我們在此逗留兩天，終日無所事事地閒晃。辦公室如囚牢，每一場旅行都是一趟保外就醫，旅途中，沒有什麼非看不可的景點，非做不可的事，不必看到某些人、開某些會，已然是度假。

列城繁華不過一個井字大街，路上紅袍喇嘛來來往往，沿街商家賣法器賣銅雕，也賣香料賣茶葉，佛國淨土充滿著咖哩的氣味。在一家古董店駐足，門口懸掛各色唐卡，視線落在一幅六道輪迴圖。閻羅咬著巨大法輪，六道眾生受困其中，生死流轉，子曰，「未知生，焉知死？」但佛教徒反過來，你想怎麼死，你就得怎麼活。瞥見古董店門口睡著一隻狗，旅途中的第十七隻狗。在佛教的信仰裡，這些狗上輩子都不知道幹了什麼壞事，所以此生落入畜生道，但也因佛教信仰的緣故，列城人護生，路上遇到的每一隻狗皆長得英俊帥氣，健康美麗。安靜的下午，白狗酣睡馬路旁，暖烘烘的太陽曬在白狗身上，尾巴壓住了光陰的一角，列城能容下一隻酣睡的白狗，又或者，我們眼前一切繁華皆是白狗一夢也未必可知。

按著 TripAdvisor 的推薦，找到觀光客評價第一名的館子喝可樂吃披薩，大快朵頤之際，前任突然抬起頭，一臉嚴肅地說喀什米爾戒嚴了。我們來時經香港轉機，港人因反送中條例，占領赤鱲角機場。去時離開斯里納加，印度總理取消喀什米爾自治權，進駐數萬名武裝部隊，全境封鎖。人生好比網路，都被命運的大數據算計著。譬如手機點開一則泳褲或殺蟲劑廣告，臉書就會給你更多更淫蕩的內褲，與更狠更毒的蟑螂藥。太平亂世裡，極權模仿著極權，一隻牲畜的死亡，召喚出另一隻牲畜的死亡。

我與前任說，臨行前，家裡養了十八年的貓因為慢性腎衰竭的緣故，死了。生命末期，食慾變差，狀況不斷，獸醫院進進出出，吃藥、皮下輸液、人工灌食與靜脈點滴，用盡一切現代醫療為他續命，但他變得好瘦，渾身肌肉全流失了，只剩一層皮黏著骨頭，一身華美的皮毛萎頓成一條破敗的抹布。老貓最後一次拒絕進食送醫檢查，住了兩天院，打針灌藥，血檢報告肝腎指數居高不下。醫生說，帶回家吧，接下來任何的醫療都是無效的。我把他從保溫箱抱出來，老貓的肚子摸起來脹脹的軟軟的，全是藥水。他張著眼睛望著我，眼神全無光采，我對他說，我們回家吧。在他最鍾愛的角落鋪上一床被褥，他安安靜靜側躺在上頭，張大眼睛凝視黑暗，神情又茫然，又潰散，茫然悠長而艱難的呼吸就是漫漫長夜。跟他說了一晚上的話，說謝謝他的相伴，我們好聚好散，老貓的耳朵抖動，他懂，他什麼都懂，他喵了一聲，也許用了生命最後的氣力來回應我，隨即急促喘著，嘔出藥水，然後，斷了氣，「我至今仍想不明白瞪著雙眼凝視著黑暗的神情是什麼？求生，還是等死？明明不吃不喝，生命都在關機了，硬要灌藥打點滴，我總是會想最後一刻抱著他，他的肚子脹脹的，像一顆水球，裡面全是藥水，是在急救還是求刑？」我盯著桌上的披薩，飛快地說著。「不管怎麼做，你都會後悔的，你應該放過你自己，在死亡面前，不管怎麼做都是失敗的。」前任勸我，但我後悔開啟這個話題，只要不去談，不去想，就會忘記貓已經不在了這件事，故而顧左右而言他：「你覺得我們需要買一罐氧氣瓶去班公措嗎？」

對我而言，這趟印度之旅的目的是中印邊境的班公措。有人旅行收集溫泉旅館百選，有人追米其林星星，我則無法抗拒任何的邊境小鎮。Ushuaia。滿州里。宗谷岬。喀什。無論是地理的邊境，或情感的盡頭，旅行或者做人，開到荼靡，推到極致，都是何等驚人的成就。當然，邊境都不是太好抵達，清晨從列城出發還要一百餘公里的車程。車子在海拔三千到五千公尺的高山兜兜轉轉，視野所及，是最陡峻的峽谷，最高聳的山脈，光禿禿，赤裸裸，大概是覺得自己倘若被如果被丟包在此，必死無疑，因而覺得人身渺小，覺得世上有神。

忉利天。夜摩天。兜率天。化樂天。他化自在天。吉普車繞著山轉，一重一重轉上三十三重天，然後，暢拉隘口（Chang La Pass）到了。海拔五千三百六十公尺的隘口是世界第三高的高山公路，我們在此下車尿尿，拍照打卡。前腳才踩地，太陽穴突然猛烈跳動，深吸一口氣，感覺周遭空氣都被榨光，胸口似有人拿匕首捅進來，並且用力一擰，一陣劇烈的疼痛。啊，傳說中的高原反應終於來了。

我上衣口袋的丹木斯是解藥，但現在服用為時已晚，氧氣瓶放在車上，走幾步路回車上我就得救了，但我還不打算用，我想知道高山症是怎麼一回事，這一關過不了，他日怎麼去爬珠峰大本營？我只是緩步走到隘口休息站，整個人癱坐在門廊上深呼吸。

休息站外有幾隻藏獒一樣的毛毛大狗徘徊，荒山野嶺這些狗平日大概都靠著往來的遊客餵食，其中一隻灰黑色大狗朝我走來，咧著嘴友善地對我搖著尾巴，旅途中的第二十一隻狗。狗看著我，我看著狗，一人一狗對峙著，沒有誰有更進一步的表示。想到領隊那個萬能咒語有病治病沒病強身，大狗走上前，在我身上嗅著，我伸出手，大狗的舌頭在我的掌心一撅一撅地舔著，我的身體頓時湧起奇異的暖流，不舒服的感覺消失了。想起口袋裡有吃剩的麵包，拿出來餵狗，毛毛大狗一口吞食，大口大口地咀嚼起來。拍拍他的頭，對大狗說：「我明天會再回來，如果你有空，請你再過來，我會把剩下的食物給你。」

抵達最高的山巔，接著只有一路下坡的份了。福愛天。廣果天。無想天。無煩天。無熱天。善見天。善現天，吉普車一圈一圈轉下山，於是，海拔四千兩百五十公尺的班公措就在眼前。從清晨出發，在黃昏抵達，無遍地琉璃，無遍地白銀，無遍地黃金，所謂天堂，只有藍天白雲和平靜如鏡子的湖水。電影《三個傻瓜》最後一幕男孩女孩多年以後在此相聚，因為一段愛情的美麗結局要有美麗的風景相襯，電影帶動觀光，班公措成了印度人的熱門景點。然而一個天堂各自表述，中國和印度對該湖歸屬有爭議，現中國控制該湖東部約三分之二，印度控制西部約三分之一，美麗的天堂同時也是軍火彈藥庫。導遊說，列城人口不過三萬，但光班公措就有六、七萬軍隊駐防在此。

過夜的帳篷面對班公措，面對湖景第一排。放了行李，沿著湖的邊緣走，天地有大美，藍天，白雲，黃山，翠湖，構圖極簡，極簡得像一個數學算式，像一段巴哈的十二平均律。路的盡頭就是西藏了，人在風景一步一腳印地走著，覺得自己跋山涉水抵達絕世美景，非常有成就感，心撲通撲通地跳躍著，時代也許凶險，人到了四捨五入的年紀，已懂得趨吉避凶。坐井觀天，不高不低的生活等同歲月靜好，但日子過久了，也就不生不死，生活中唯一的例外是旅行，唯有人在囧途，跌跌撞撞，才知道自己的血是熱的，心臟會跳動，但年紀大了，在戶外冷風吹久了，頭會痛，識相地走回帳篷。

天堂裡沒有網路訊號，早早吃過晚飯，和前任兩個人在帳篷裡相看無聊，只好互問最近好不好，前任說起目前狼狽的感情生活。他自嘲地說，游泳池更衣室裡，男孩脫下泳褲都是美麗的曬痕，唯獨他拿下蛙鏡，徒留深刻的壓痕；人到中年事業有成，年終獎金買得起一支沛納海，但自己的時間再怎樣都不值青春寶貴，不對等的關係，回去也該散了。旁聽他人的痛苦，我得用力咬著下嘴唇，以防自己笑了出來，「變老也並非沒有好處，人真要好好養生，好好活著，活到見傷害你的人被他人傷害，那真是全天下最快樂的一件事。」但見他哀傷得像一隻狗，又不忍心勸慰著：「你又不是陳綺貞，不要妄想一段旅行就可以離開一個人，人過中年，還能像少年一樣哭著、笑著、勃起、失眠，我羨慕都來不及了，你又有什麼好戒斷的呢？」

荒山之夜，我們聊著聊著，模模糊糊地睡去，突然有人把我粗暴地搖起，要我默寫《心經》。不明就裡，一字一句地默寫著，寫到「以無所得故」腦筋一片空白，掌心都是汗，打了個寒顫，回過神發現自己躺在床上，對啊，「以無所得故」下一句是什麼？翻來覆去都是那一句「唵，普隆，娑哈。唵，阿彌達，阿優，達底，娑哈」，病死的老貓，毛毛大灰狗，古董店酣睡白狗，還有被撞不知是生是死，是冤魂或幻影的狗。腦海無數畫面跳動，如露亦如電，善男子善女子來此追求覺醒，我卻只剩無盡的失眠。

見旁邊的人呼呼大睡，恨死了，於是把他搖醒，問他以無所得故下一句是什麼？可憐的傢伙被我吵醒，搞不清楚狀況，好無辜地說：「菩提薩埵，依般若波羅蜜多故啊……幹嘛啦。」眼前頓時大放光明，是菩提薩埵，是菩提薩埵啊，腦筋頓時清明，心結打開了，就是一路暢通了，「菩提薩埵，依般若波羅蜜多故，心無罣礙。無罣礙故，無有恐怖，遠離顛倒夢想。究竟涅槃。」喃喃唸經咒，是大神咒，是大明咒，是無上咒，是無等等咒，能除一切苦，真實不虛。唸著唸著就睡著了，安安穩穩一覺到天亮。

清晨醒來，湖邊再走一遭，吃過早餐，又得離開了。良辰美景匆匆一瞥，我們只能不停地趕路，心裡掛念著毛毛大狗，然而回到隘口什麼都沒看見，心裡一陣悵然。荒山來去，心底好像有一些什麼改變了，但好像什麼也沒改變，手機又接得上訊號，前任指尖在手機飛快地指指點點，喜上眉梢。望著他的側臉，那人鬢角已見風霜雪白，心裡想著，真的不要妄想一段旅行就可以離開一個人，離開一個人真的要很久很久很久。

見過最壯美的風景，重返列城便無話可說了，再勾留了兩天，採買了香料茶葉，寫了明信片，便可以收拾行囊準備回家。值得一提的是要離開這一天清晨，旅館聽聞飛機此起彼落的聲響，打開窗，一架，一架，又一架，蔚藍的天空被戰鬥機割裂得支離破碎。搭車前往機場的路上，吉普車被一列軍用大卡車隊擋住了，一輛，一輛，又一輛，算了算，我在旅途中見到的軍用卡車比狗還多，戰火天堂，兵連禍結，怕是有大事就要發生了（三個月後，印度當局於西洋萬聖節當日宣布，將過往喀什米爾地區劃分成「查摩與喀什米爾」、「拉達克」兩個中央直轄行政區，由德里統治，中國外交部發言人耿爽很不爽，說此舉將「中國拉達克」劃入印度行政區，挑戰中國主權，這一做法是「非法、無效的」。印度政府好樣的，等於是中國和巴基斯坦兩個國家一次得罪）。

面對太平亂世，我們也不能做什麼，我們是最自私的觀光客，拍照打卡，購物消費，然後乘著飛機離去。從印度到列城，來時顛簸了七、八日，回程只有一小時。飛機在跑道上緩緩爬行，隨即加速前進，掙脫地心引力，衝上雲霄，機身搖搖欲墜，簡直就要解體。空無邊處天，識無邊處天，無所有處天，非想非非想處天，我們飛上三十三重天外的三十三層天。鼻頭貼著機窗俯瞰風景，異地眾生和壯闊大山渺小如草芥，手機拍照留念，相簿圖庫滑動檢查，不小心滑到老貓臨終前側躺被褥，那個凝視黑暗的神情，未知是求生還是等死。或者那個眼神正是一個旅行者的眼神，在得知飛機誤點或火車延誤該有的茫然和空洞。如同我當下處境，老貓的靈魂是一架飛機，衝破殘破肉身，飛上九霄雲外，自由自在，他都好了。

（九歌一〇八年散文選文）

謗佛者

印度・菩提迦耶

1

釋迦族的悉達多王子於二十九歲的美好年華，放下了如花美眷、優渥生活，為求離苦得樂之法，開始了流浪的旅程。王子流轉於恆河平原，遍尋可以給他答案之人。六年後，他抵菩提迦耶（Bodh-gaya），在一棵菩提樹下覺悟了宇宙的秘密，那一年，他三十五歲。

佛陀證道的菩提樹被善男子善女人團團圍繞。灰袍比丘手捻佛珠，口中唸唸有詞。紅色袈裟的喇嘛五體投地長跪不起，披著黑色海青的信徒繞塔緩步行走。關於愛，怎麼愛，世人並無絕對，說到底，一個佛祖，各自表述。

空氣中嗡嗡誦經聲頗富催眠性，我坐在石階上一不小心就打起盹來。再睜開眼，見一名中年婦人笑咪咪地向我走來，那是與我搭同一列火車前來的同團遊客。婦人和她的先生結伴而行，先生自稱是佛陀大弟子分靈體，能接上天旨意，兩人在台中主持道場。

她壓低聲音，慎重地對我說：「佛母要我轉告你，你有三世在印度出家，而且修得很好。雖然你此世尚未修行，但只要文章好好寫，把佛法傳出去，也是無上的功德。」不知道該如何回應這種話題，只好說聲謝謝搪塞。

2

那是一個十天九夜的佛教聖地火車之旅。菩提迦耶、那爛陀（Nalanda）、瓦拉納西（Varanasi）、拘尸那羅（Kushinagar）、藍毗尼（Lumbini）……行程涵蓋印度東北部，佛陀講經說法的歷史遺址。因為佛教列車的緣故，車上自然全程放著佛經，大抵就是坊間素菜館放的那幾首。有首音律不甚熟悉，請會講中文的印度導遊翻譯，來自阿薩姆，娶台灣女孩的印度男孩吉米說這是古巴利文，「Buddam Saranam Gacchami! Dharman Saranam Gacchami! Sangham Saranam Gacchami!」皈依佛、皈依法、皈依僧。我躺在上鋪，閉上了眼，頌經聲反反覆覆，像咒語又像催眠，把自己超渡到了菩提迦耶。

火車於清晨抵達。亂紛紛的月台，霧茫茫的空氣，持槍武警來回走動，車站前氣定神閒吃草的牛，和用樹枝刷牙的印度人，這就是佛陀的同胞，異地眾生。才下火車，又上巴士，車站到菩提迦耶大約四十分鐘車程。據巴利文《中部經》記載，悉達多王子來到菩提迦耶，說：「多可愛的地方呀！邊上有銀色潺潺的河流，方便易達而令人愉悅；附近也有村莊可以托缽，好人家子弟有志求道，這地方可謂應有盡有。」經書說王子見小村心下歡喜，當下就留下來修行。可今時今日，那日連禪河邊布滿七彩絢爛的垃圾，可口可樂瓶罐的紅、Lays 洋芋片包裝袋的藍、果汁鋁箔包的橙，就只是一座繽紛的垃圾山。

悉達多王子在菩提迦耶林中苦行，每日僅食一粒芝麻，長期的營養不良讓眼窩瞳光凹陷如深井水光，他形銷骨立，卻不得其法。一日在河邊聽見一名流浪琴師的歌謠：「琴弦太鬆則音不成調；太緊則聲音不悅耳；不鬆不緊則聲音和悅優美！」他豁然開朗，修行當然不是什麼太安逸的事，但也不應該這樣刻苦，他決心尋求中道，奄奄一息的他勉力爬出苦行林，幸好有位牧羊女蘇嘉塔（Sujata）經過，贈乳糜續命。在牧羊女和悉達多相遇地點在小村郊外，當然也成了景點，樹下兩座香火鼎盛的小廟，結著五色經幡，花里胡哨如一棵聖誕樹。

來菩提迦耶，自然是為了佛陀證道的菩提樹。

菩提樹旁的山錐雕刻乃緬甸國王所建的摩訶菩提大塔（Mahabodhi，又稱正覺大塔），為砂岩雕造，高五十二公尺，基座約十五乘十五平方公尺。我們以大塔為中心，以順時鐘的方向參拜，瞥見林院有人如做滾輪運動一樣整個身體趴下，向前滑行，站立，又重複一樣的動作，待吉米解釋，才知那是古印度佛教最古老的禮拜方式，傳說中五體投地是也。菩提樹下也有合掌長跪不起的，也有持念珠敲擊木魚頌經的，喇嘛或尼姑，大乘或小乘，世人禮佛存乎伊心，並沒有所謂的標準動作。

正覺大塔方圓數公里布滿世界各國的佛寺，造型各異那西方極樂世界有各自的想像。

觀光客的聖地之旅跟置身主題樂園，於各個遊樂設施過關斬將也沒什麼不同。火車行行復行行，離開菩提迦耶，我們又前往那爛陀和靈鷲山。佛滅一千年後，約莫西元五世紀，在笈多王朝鳩摩羅笈多一世的支持之下，於那爛陀創佛教大僧院。兩百年後，戒日王護法更熱衷，增建寺院僧房，將那爛陀推向國際化，成為世上最早的大學。當年，唐玄奘赴西天取經，來的也是這個地方。他在《大唐西域記》說：「印度伽藍，數乃千萬，壯麗崇高，此為其極。」然不管是玄奘的那爛陀或是佛陀說法的靈鷲山，我們所到之處無非廢墟。

那爛陀大學十五公頃的土地變成了荒煙蔓草，成了天然的牛隻放牧場。在廢墟中閒晃，身後數名孩子誦經一樣的頌唸著：「求求你給我錢，求求你給我錢。」當年，唐三藏自長安偷渡，跋涉數十萬里來此尋找救贖之道，然而對這些小孩們，救贖無非是我們口袋一張張破爛的盧比。

參與這樣朝聖團的，都不是什麼簡單的人物：師兄師姐、蓮友道長，還有，分靈體夫妻。眾人在廢墟中行走，一名阿婆雙腿一軟，眾人連忙上前攙扶。阿婆突然換了一個聲口，宛如布袋戲旁白的抑揚頓挫：「我讀書都考一百分，你們都抄我的，何以你們功德會比我大，這不公平！」那時只見分靈體先生在旁書空咄咄，厲聲喝道：「何方妖孽在此，速速退去！」

3

火車行行復行行，菩提迦耶、那爛陀、靈鷲山，這日，火車又抵達了印度北方的瓦拉納西。

剛出火車站，撲面而來是撲鼻的甜膩花香和潮濕的熱氣。瓦拉納西擁有兩千多座寺廟、一百多萬尊佛像，是印度教徒的聖城。遠藤周作《深河》即是以聖城做場景，小說中一群背負著不同辛酸的日本人來到瓦拉納西尋找心中失落的東西。他們在恆河邊目睹印度教徒焚燒死者的屍體，屍灰流入恆河，據說亡靈便可由輪迴中解脫，而活著的人也在屍灰漂流的河中沐浴，祈求來世的幸福，正如書中所說：「河流包容他們，依舊流呀流地。人間之河，人間深河的悲哀，我也在其中。」

參觀恆河前，當然，還是不免要造訪一些佛教聖地。

與瓦拉納西相距十一公里的鹿野苑（Sarnath）是佛陀布道之處。這個佛教徒稱為「初轉法輪」的聖地如今是一處環境清幽的公園。佛塔周遭有大大小小的磚造基座，導遊吉米解釋基座乃一些高僧的舍利子塔。分靈者之妻聽聞，高聲疾呼一旁拍照的丈夫快快過來打坐，她呼喊著：「這裡能量很強，快別浪費了。」但那紅磚牆下盤腿坐著一名眉目儒雅的中年人，此人能以淺白的口吻講非常動人的《金剛經》，不怪力亂神，一切都在哲學邏輯之內。初次會面返回飯店google他的來歷，始知他曾任職金融業，當年如摩西出紅海，帶領整個外商銀行公司走避金融海嘯。四十歲即退休，出家又還俗。旅程中，我一直有意無意地跟蹤著他，提籃假燒金，用佛法問題去討教他。我誠心誠意地看著他的眼睛，熱天午後，佛國穢土，風不動，旗不動，只有慾念在體內翻動著。

4

折騰大半天，抵達恆河已是傍晚。巴士停在大馬路，眾人下車在紛亂如掌紋的巷弄穿梭，迎面一名孱弱的老人，如同夢遊一般在暗巷中搖搖晃晃，莫非此人正是《深河》所說，跋涉千里前來等死之人？正尋思著，突然視野陡然一寬，開闊河面如捲軸在眼前鋪展開來。薄暮時分，少了眾生在河邊沐浴，恆河多安靜。跳上了船，緩緩離開河岸，見岸邊竹棚架設的火葬場冒著濃濃黑煙。導遊三令五申告誡千萬不可照相，否則會將亡者魂魄收拾進來，通靈者夫婦聞畢，復又盤腿，滿嘴阿彌陀佛，喃喃唸起咒來。

船隻往深河對岸靠近，此處沙地在月光下，顯得銀白細碎，閃閃發亮。相傳有高僧捧著佛陀舍利子橫渡恆河，舍利子不慎掉落河中，化成一片銀白沙丘。都說沙丘上的金剛明砂，撒在往生者大體，可助亡靈不墮地獄苦道。導遊將金剛砂來歷講得玄妙，故而未等船隻停妥靠岸，一船師兄師姐，蓮友居士準備好瓶罐，爭相上岸盜採砂石。本想在船上歇著，但閒著也是閒著，心想也挖一點砂石回家當紀念好了。

一群人蹲在沙丘盜砂，聽聞對岸有叮叮咚咚鼓樂之聲，恆河夜祭開始了。隔水觀看，祭壇燭火將河岸照亮如白晝。盈盈不絕於耳的西塔琴聲和頌經聲之中，祭司舞動法器，香爐火舌亂噴，無數畫舫、小舟往祭壇駛去，河面上無數水燈漂流。魔幻場面宛如《神隱少女》的開場。我們在河的另一岸，置身熱鬧之外，銀箔色的河面偶爾漂來一盞孤零零的水燈。深流包容水燈，也一併包容著金剛明砂和屍灰。

5

也許是河上吹了風，也許是途中吃壞了東西，上了火車開始上吐下瀉。膽汁都吐光了，仍止不住地乾嘔。從來沒有這樣過，那種想要把身內一切往外吐的衝動，吐完開始傷悲、想哭，或者疲倦，我太虛弱，分不清楚兩者差別，索性一股腦地把感冒藥往嘴裡塞，也不敢驚動他人，尤其是通靈者。那些自己的事情都管不好的傢伙就會去管別人的閒事。同行有個斯里蘭卡人吐得亂七八糟，都被他解讀成碰上了冤親債主，我這慘狀被看他瞧見那還得了。

6

來到佛陀涅盤和出生的拘尸那羅和藍毗尼兩處聖地，完全沒有力氣參觀。尼泊爾藍毗尼佛陀誕生磚房遺跡，我坐在外頭，就只是傻傻地發呆。

那磚房外有個水池，原是給僧人淨身用的。據說有佛緣的弟子，可以從池水倒影看到自己前世的模樣。我蹲在池邊閉上眼睛幾秒鐘，再打開眼睛……水面浮現一隻烏龜！前世是一隻烏龜？再瞧仔細，喔，原是水池中一隻烏龜伸長了脖子曬太陽。再次閉上雙眼，屏氣凝神，緩緩張開眼睛……水面上一個橘袍和尚的倒映搖曳著，頓時血潮澎湃，靠，真是和尚，不會真的被通靈者說中了吧。「嘿，你蹲在地上在幹嘛？」身後突然有個聲音說，我轉過頭去，原來有和尚見我蹲在池邊便湊過來問我在幹嘛。呿，嚇我一跳。

我一站起來，突然一陣暈眩兼乾嘔。一時腿軟險要倒下，眾人一擁而上，如負傷令狐沖被桃谷六仙灌了六道真氣在體內。有從兜裡拿出大寶法王秘製楊枝甘露丸的，有幫我運氣療傷的，有幫忙按摩太陽穴的，我和人群保持著距離，誰知到頭來還是得仰賴這些陌生人的慈悲。

盧姓道長好意幫我推拿，背後一陣暖流從掌心傳過來，說不出的舒坦，道長說我是在恆河經過火葬場吸了穢氣導致，「你脖子後頭一塊特別脆弱，可能上輩子是個和尚吧，長年低頭打坐敲木魚，所以那邊特別脆弱，導致穢氣入侵……」道長說。

「靠，我是許仙嗎，為什麼大家都要叫我當和尚？」我心裡嘀咕著。

我想我一定是謗佛太多咎由自取。餘下旅途絲毫沒有印象了，泰姬瑪哈陵、德里市區所見所聞，迷糊如同一場夢。待恢復體力，擁有較清楚的神智已是在香港機場等待轉機回台。近十天沒和外界聯繫，我在機場打開筆記型電腦，剛連上MSN，我弟便敲我問我何時回來，「外婆前天過世了，」我弟這樣跟我說。他說了外婆過世的時間，算算時差，恰巧是我在恆河盜金剛砂之時。我連忙低頭翻開包包，檢視裝袋的恆河細沙，心下一陣迷惘。

前方不遠處，通靈者正盤坐在候機室椅子打坐，那誦經聲音清晰傳到我的耳朵，「一切世間天、人、阿修羅等，聞佛所說，歡喜信受……」那一刻，我湧上強烈嫉妒心，我嫉妒這些人，他們有信仰是多麼好的一件事。

再見二丁目

台南

星期天下午，男人獨坐在客廳。不開燈的房間，陰影吃掉他半張臉，看不出是睡是醒。電視機按靜音，重播的偶像劇楊丞琳、張孝全瘖啞地嘶吼著，螢幕在暗處裡冷冷發著光，像水族箱。

「我袂出去喔。」

「喔喔喔，」男人如夢初醒，含糊地說：「袂返來呷暗頓否？」

「看看，無一定。」

背對著他蹲下穿鞋，不敢看男人的臉。他病後原有的意氣風發都消散了，化療後光禿禿的頭顱又生稀稀疏疏白髮渣，像冬天的鹽鹼地，可我們什麼都沒說。房間裡有蛇爬過，嘶嘶吐信，我們假裝沒看見。我只能在心底發誓，往後都要像這週末這樣常常回來，然後，就當什麼都沒發生過。

唰地拉開鐵捲門，陽光傾盆而下，日頭赤燄，刺眼卻不笨重。騎著機車滿街亂竄，風呼呼吹在臉上，也鑽進籃球褲褲襠裡。假使雙腿張開幅度大一點，髮色染黃一點，斜肩揹上一個山寨ＬＶ，我便能融入眼前風景，與路口一併等紅綠燈的少年們稱兄道弟。

機車騎過海安路，馬路兩旁是露天咖啡館，這海安路與中正路交錯的區域盡是這樣的咖啡館和啤酒屋。木頭桌椅、綠色花卉盆栽蔓延到人行道，所有人在暖烘烘的陽光下發呆聊天喝茶。機車呼嘯而過，掠過沿路風景，匆匆一瞥，我似乎看到他們臉上浮現一種貓的臉色，懶散而安逸。

那馬路以前不是這樣的。

小時候，讀小學的時候，那海安路僅是寬三米的窄巷，是金魚街青草巷，也賣古錢幣舊郵票。那時候自己總要騎單車過來買〈八駿圖〉或〈宋人百子圖〉的郵票。後來城市規劃在此挖地下街，耆老們死諫，說會壞了風水，萬萬不可。而當局者一意孤行，將老街開腸破肚。說來邪門，馬路挖了，中正路海安路商圈果真元氣大傷，沙卡里巴大火，王子、王后戲院淪落成牛肉場戲院，少女王彩樺亦曾在此登台。

地下街計畫最終宣告失敗，海安路淪為廢墟，直至近年前有人在斷垣殘壁塗鴉，開咖啡館，老屋欣力，海安路又復活了。這城「是一個適合人們作夢、幹活、戀愛、結婚、悠然過活的地方。」忽然之間，所有人皆能轉述文壇大前輩葉石濤的話來形容我成長的這個城。

年少時的風景暗中偷換，但出門心情跟年少時卻是同一個模樣。出去走走，純粹只是假日結束前的心慌意亂和不甘願。老城兜兜轉轉，去的依舊是老地方：成功書店、珍古書坊、草祭，以及，金萬字書店。

年少時的週日，窩在家中看一整天的電視，男人看不慣，便略帶數落地說：「一日到暗屈在厝內看電視，真毋成樣，你哪毋出去拍球？查埔囝仔功課壞莫要緊，在學校會曉拍球嘛卡快活！」問題是同學們互約打球、看電影的，早已兩兩成對。以二除不盡的奇數，怪物，無處可去，只能乖乖到舊書店報到。

「體育館邊，金萬字書店，台南市忠義路二段六號」，書架上一本本志文新潮文庫、洪範爾雅叢書，蝴蝶頁皆蓋著一枚藍色橡皮章，寫著這樣一句話。那些書，有三毛、克莉絲蒂、亦舒、《刺鳥》那種一個晚上可以幹掉好幾本的；也有符傲思《法國中尉的女人》、葛林《布萊登棒棒糖》、《喜劇演員》這等架上擱好幾年，待日後零存整付連本帶利地生吞活剝，大嘆相見恨晚的；其中更有一種囫圇吞棗，內容似懂非懂過目即忘，但閱讀中卻心生一種如海外浮潛，被拋擲在巨大海洋，搖搖晃晃的美妙暈眩感，比如，昆德拉的《生命中不可承受之輕》。我高二讀《生活在他方》讀得吃力，閱讀過程滯礙難行，就翻回封面，像是咒語一樣反覆唸誦書名：「生活在他方，生活在他方。」然後心裡就有了力量。

需要書，或者僅僅只是下課十分鐘趴在座位上，豎起一本書就可擋住千軍萬馬，或掩飾人際關係的失敗。一本書、兩本書，如磚砌成雕堡，外面的世界愈來愈小，退回碉堡自己卻愈來愈大。一如一九四九年國民政府遷台一併帶走故宮珍寶，那批書亦隨自己北上念大學悉數淘空。自己的房間現在變成嬰兒房，在那個房子裡，有人等著老去，也有人等著長大。

老城舊書店版面近年也有改變，往日獨尊金萬字，而今日網上大家都說孔廟前的草祭書店又炫又酷。金萬字由忠義路搬到府前路，又搬回忠義路原址，翻修四層樓獨棟透天厝。我把機車停在書店門前騎樓，店面望過去黑洞洞的，進門撲鼻而來一股中藥店的蔭涼氣息。蹲在地上挑書，吸吸鼻子，確認空氣中那股芬芳而穩妥的氣味，一、二十年不變，心裡就覺得安慰。挑了史景遷《婦人王氏之死》、帕慕克《我的名字叫紅》去結帳，大概也只有這家店的老闆娘在算錢時會跟客人說：「歹勢，這批冊卡新，所以賣五折，卡貴。」臨走前，一名少年走進來，瘦小而蒼白，像過去的自己，狹小如火車走道的動線中，我和我的青春期擦肩而過。

走出書店已是傍晚，暮色中我往中正路方向騎去，書店騎五百公尺即土地銀行。那種我無法判斷風格的洋式古典建築立面刻著日本福神石雕和美洲獅，銀行外牆有看板解釋，此一和風洋式建築叫「日本趣味加近世式」。這個昔日叫「勸業銀行台南支店」與老城第一家電梯百貨「林百貨」隔街相對，日治時期此區是末廣町二丁目，乃老城第一富貴風流之地，老城人也「銀座」、「銀座」地叫它，然而，那都是過去的事了。

銀行廊廡往年有燕子南來結巢，在十字路口等紅綠燈時，抬頭張望想看看燕子是否還在，此時父親電話打進來問是否回家吃飯，歪頭聳肩夾著手機搭腔瞥見廊柱間似有蝙蝠飛翔，「我連鞭就到厝了。」

我一邊對著電話說，一邊熄火下車往迴廊走去。暮色泛黃如舊書，蝙蝠振翅滑翔著，待蝙蝠飛完時，我就回家了。

東京物語

日本・東京

台北松山機場飛東京羽田，黃昏時出發，抵達已午夜。過海關，領行李，出航站，搭單軌電車至濱松町，再轉山手線到新宿。六天五夜的旅行是一只登機箱跟一個雙肩背包，輕裝簡便，三步併兩步在月台疾行，若非身後有必須等待的人，我可以走得更快些。

在樓梯轉角處停下來，回望，等她出現在我的視線中。

她來了，拖著咖啡色的布面行李箱慢慢走來，行李箱很醜很大很舊，她拖著行李箱像拖著一隻不肯走的老狗。她在我面前停下來，問她還好嗎？她笑說還好。我伸手去提她的行李，她用手攔住，說她可以。把她右手擋開，她又伸出左手來拿，我嘖了一聲，說這樓梯危險啦，一手拎一個行李，走下樓梯，但忍不住還是唸了一句：「後一擺莫抵購物台黑白買，足重欸。」

上車，晚上十點鐘，都是夜歸人，滑手機的，讀文庫本的，醉酒睡得東倒西歪的，車廂無人喧譁，安靜如一考場，故而當她問我會餓否，那聲音格外響亮，格外刺耳。我搖頭，她沒放棄，口袋裡掏出一塊鳳梨酥，說是飛機餐扣下來的：「呷淡薄啦，汝歸暗攏無呷。」我悶著聲音怒吼著：「車頂毋通呷物件啦！」廣告辭令說法拉利一秒鐘能飆到一百公里，媽媽惹火小孩的速度也差不多是這樣。

然而媽媽始終不會覺得她惹火小孩了。她不言語了，山手線在高架上轟隆隆行駛，新橋、有樂町、東京，車站一站一站地經過，過了一下下，她又轉過頭來問：「今嘛去叨位？」「新宿。」「愛坐幾站？」「半點鐘。」「東京多大啊？」不知道如何解釋東京都二十三區規模，只得胡亂回答：「差不多係基隆台北宜蘭佮桃園加起來吧。」山手線在高架上行駛，上野、鶯谷、日暮里。大路朝天，兩側行人各走一邊，螻蟻一樣，來來往往，急急忙忙，她盯著望著窗外，嘆了一句：「這咧所在這呢大，走散了，應該找無人吧。」

我心頭一震，小津安二郎電影《東京物語》鄉下老夫妻進城探訪兒女，老婆婆也講了一樣的話。她看電視的守備範圍，是八大韓劇台、東森購物台，和八十台後那些call in唱歌的節目，那裡沒有小津安二郎，但面對這城市的巨大，五十年前電影裡的老婆婆，和真實的歐巴桑卻發出一模一樣的喟嘆。

這城市確實很大，自新宿東口鑽出，車潮人流的熱氣撲面而來，《東京事變》、《不夜城》、《愛情不用翻譯》、《職場淫猥白書》……看過的書、聽過的音樂，褻瀆過的A片，這城市意象頓時在腦海炸開，一時之間天旋地轉，耳朵轟轟作響。我們在哪裡？

我們迷路了。臨行前一身傲骨，逢人便撂狠話：此次東京遊，不辦網卡、不開通漫遊，晚上只吃飯店Wi-Fi，起來，不做科技的奴隸！但一出地鐵站就後悔了，我需要 Google Maps！胡亂攔下兩個ＯＬ，掏出飯店訂房紀錄影本，用英文問歌舞伎町東橫 INN 該往哪裡去？ＯＬ啊了一聲，隨意指著一個方向，以日語嘰喳解釋著，我 SOSOSO 地應和，點頭稱謝。ＯＬ離去，她湊過來問我：「汝聽有喔？」「聽無啊。」深吸一口氣，順著ＯＬ遙指的方向眺望，目光鎖定百果園水果攤，是了，記得上次去歌舞伎町似乎經過這個水果攤，茫茫不知身何在，憑著腦海中模糊印象對付，兩個人沿著鐵道旁的馬路亦步亦趨，到底還是找到了旅館。

訂了兩個單人房，把她安頓好，返回自己的房間，關上房門，大大鬆了一口氣。抵達城市不到四小時，感覺卻像尼泊爾山區一日遊那樣的疲憊。旅程六天五夜，只有今晚能獨處，到底是保羅．索魯那樣橫越非洲，還是帶媽媽出門旅行比較慘烈？這在我心裡的確是個問題，儘管，安排的都是再老套不過的景點——築地市場、東京鐵塔、台場摩天輪、天空樹、一蘭拉麵、唐吉訶德，沒有要追求深度，我們是來當觀光客的，旅行的意義是白天出遊拍照，晚上當小編幫她把照片傳上LINE和臉書，景點愈芭樂愈好啊，這樣，鄰里街坊才知道她來到東京。

第二天，將芭樂行程進行到底：新宿車站西口搭小田急浪漫號到箱根，山中溫泉旅館一泊二食。旅館放好行李，跳上一輛環山巴士，她問：「今嘛去叼位？」「小王子博物館。」「日本太子住抵遐喔？」「法國欸王子啦。」「法國的王子哪欸住日本？」對吼，日本深山幹嘛蓋法國的小王子博物館？這個問題問倒我了，幸好觀光客從不追根究柢，觀光客只是笑吟吟地走進玫瑰花園，戴上墨鏡，彎下身搭著小王子的肩膀，說：「這風景真正水，幫我翕一張相。」

博物館參觀，洗手間尿尿，禮品店買小狐狸零錢包給小孫女，行程結束，趕赴蘆之湖搭海盜船。博物館斜對面有便利商店，等車空檔繞進去買水和飯糰，然後，沿商店旁邊的小徑走上去，路的盡頭有一棟雙層木屋，站在外頭張望著，又沿著原路走回巴士站。她問我木屋有什麼，來過這裡喔？我說沒有，隨便看看。那一年，日本神奈川縣為推廣短期遊學團，甄選台灣中學生參訪，我前去採訪報導。我說謊，那一年，一整團的人就住在木屋裡。

迴異於畢業旅行到風景名勝吃喝玩樂，這類的教育旅遊更側重學生們到各中學間的交流：語言交換、籃球社、茶道社等社團活動體驗。山居小屋一夜，中學生們和某高中料理社聯誼，青春鳥們在廚房擀烏龍麵，繫上圍裙頭巾嘻嘻哈哈。體驗青春沒我的分，當老師太嫩太菜，當學員太老，所有活動，我都是那個不能被除以二，畸零的餘數。高中畢業已經很久很久，但心智仍被禁錮在悲慘中學校園裡。望著青春鳥的嘰嘰喳喳，內心有一種說不出的窩囊和抑鬱，自艾自憐之際，手機響了，是台灣來的越洋電話，說罹癌的父親狀況不好，要我快回來。

日本導遊娶台灣老婆，中文流利，沿途愛說冷笑話，但跟他說家中有事，得更改機票行程，像是踢到他的睪丸一樣，他露出痛苦神色：「欸，這是團體機票，不好辦吶。」日本人走固定路線，做固定事，螻蟻一樣，勤勤懇懇，戰戰兢兢，但一旦抹去了既定路跡的氣味，慌了。他支吾其辭，說得請示主辦方，請他們去協調航空公司。我撂狠話，說無論如何明天是非走不可，不能改機票，就另外買一張。對話幾乎以翻臉收尾，隔天一早，搭他們的巴士下山，橫濱下車，搭電車至機場已是下午，沒有合適航班，過境旅館逗留一夜，第三天清晨第一班飛機回台北。

臉書上流傳一款心理遊戲，英文字母亂碼表格，前三個辨識出的英文單字，即今年運勢。回程中，我想起這遊戲：瞥見隔壁乘客《產經新聞》報紙蹦出漢字「遺言相托」和「盂蘭盆節」；注意力轉移到個人視聽娛樂，隨意點選電影是《鐘點戰》——未來世界，人人手腕分分秒秒流動著一排數字，時間即壽命，時間可用金錢兌換，可交易買賣，唯歸零就是死亡，窮人朝生暮死，富人強取豪奪，近乎永生。

那回程未嘗不是鐘點戰？東京羽田飛台北松山，出海關，領行李，登機箱跟一個雙肩背包，三步併兩步在機場疾行，捷運文湖線忠孝復興站轉板南線，台北車站又搭高鐵，台南出站攔計程車到奇美醫院。幾乎是快跑前進奔赴病房，一進門見他在床上用 iPad 聽江蕙，就他一個人，「媽咧？」「去買便當。」他神色自若，恍惚的剎那，我幾乎要以為其實只是有人打錯電話，他其實一點事也沒有，但他話鋒一轉，叮囑萬一怎樣千萬不插管，並要我去剪頭髮、刮鬍子。

「做人要清氣相，毋通爛軟親像流浪漢，知影否？」這幾乎變成我們最後的對話，隔日凌晨四點，他開始獨自一人的旅程，走了。黑暗的房間，遠行的人躺床上，我們圍在床邊，她癱坐沙發上嚎哭，身體被陰影吃掉了一半，因為是元宵前夜，醫院外有此起彼落的鞭炮聲。我們輸了鐘點戰。

海盜船緩緩行駛在平靜的湖面上，涼風徐徐撲面，往事在腦海翻飛。她站在陽光燦爛的甲板遠眺，笑咪咪地問富士山抵叨位？近年回台南，她老跳針似的抱怨父親工廠老員工忘恩負義，或感嘆社會上都是錢在做人，始終是愁苦的神情，少見她的笑容。然而她搭海盜船，乘纜車去大涌谷，穿著浴衣在溫泉旅館走來走去，她事事好奇，有一種我從未見過少女神態，且胃口極佳，見我吃霜淇淋，說那是什麼口味，也給她嚐一口。

時間到底是放過她了。

第三天，鎌倉一日遊。沿途中她像女學生一樣聒噪，說完小孫女會新的把戲了，又說鄰居某夫婦離婚後各自精采。無法聊看的書、聽的音樂，我們的日常對話就是鄰里的八卦和今天晚上紅燒肉火候還可以嗎？她滔滔不絕地說著，我充耳不聞，呈現某種螢幕保護程式的放空，她見我沒有表示，輾轉試探地問我當真不結婚喔，她迅速把我惹火，譬如法拉利一秒鐘能飆到一百公里，我頂嘴那麼愛結婚妳幹嘛不嫁人？賭氣似的大踏步逕自往前，我的步伐快得追公車，她的腳步慢如嬰兒車，兩人一前一後，拉出距離。然而媽媽始終不會覺得惹火小孩，過不了一會兒，她又快步上前與我並肩，她問我要拍照嗎？我說不要，於是她又笑嘻嘻地指著小賣店種種奇巧飾物說：「汝看，那仙尪仔足古錐。」

沒有什麼非去不可的地方，逛小鎮像逛百貨公司，找什麼嗎？沒有，隨便看看。電車經過北鎌倉，腦海閃過一念，想起小津安二郎晚年住在這，《麥秋》、《晚春》等多部電影在此取景，臨時起意拉著她下車。小津死後埋在圓覺寺墓園，寺廟比鄰車站，並不難找，我們一階一階往山門走，但她一聽我要去給什麼電影導演培墓，停下腳步，順勢往路邊石凳一坐，說那她抵遐等我，語畢，拿起手機逕自玩起Candy Crush。古怪行徑無須強人所難，我只叮囑她不要亂跑，然後，一個人順著斜坡往深山裡走去。

小津家三男兩女，姊妹兄弟各自嫁娶，大導演單身，四十歲後與母親同住北鎌倉。一九六二年，他拍出傳世名作《秋刀魚之味》，在這前一年，母親病逝，在這後一年，一九六三年十二月十二日，他過世，當天是他六十歲的生日。小津是軍人，也是導演，在世界逗留一甲子的時光，留下五十四部電影（包含一部紀錄片）和一塊寫著「無」的墓碑。來到墓園，本以為無字碑為小津所獨有，並不難找，但「空無」顯然是日本人面對死亡的標準用字，滿山遍野盡是無字碑，統一尺寸與規格，死亡的無印良品。不知從何找起，往後退了幾步，坐在一塊石頭上，面對大導演的風水寶地迷惘一陣子。

隨意選了一塊無字碑，假裝那是小津的墳來懷念著，心意到了，馮京當馬涼也不是什麼過錯，一如小津生前也把北鎌倉當作楢山想像著——哪個楢山？大荒年裡，村人把年邁老人放生山上等死，以節省糧食的楢山，《楢山節考》中的楢山。小津在散文《我是賣豆腐的，所以我只做豆腐》寫：「年輕時候的母親是魁梧高大的小姐，現在依然是高壯的老婆婆，我雖然沒揹過她，但肯定很重。如果這裡是楢山，她願意永遠待在這裡也好，不用揹她上山，我也得救了。」

小津假裝鎌倉這是楢山，便可在此陪伴母親等死，我站在山丘眺望，黃昏層層逼近，小鎮民宅亮起一盞盞燈，發呆一會兒，然後，順著斜坡下山，把被我留在山下的母親帶回東京，住西新宿希爾頓飯店——東橫 INN 全滿，只有這個地方有雙床大房。

旅途倒數第二天，我們跳上一節觀光巴士，也就跳進《東京物語》的場景。電影中，老夫婦在搖搖晃晃的巴士，經過一個又一個的風景，臉上是恍惚的微笑，沒有起身的意思。影中人待在車上，我們下車——下一站，淺草橋找藥妝店。商店街來來回回走了三、四家藥妝店，她比較合利他命的價格，挑了一家最便宜的鑽進去。發號司令，說這排架子找獅王牙膏，那排貨架找休足時間。磁力貼片兩盒給姑姑的，胃散是給郭阿姨，感冒藥來三罐，一罐舅媽，兩罐自家用。她速速滑動手機裡預先拍下的藥盒包裝，且不忘叮囑，記得看保存期限，有時候特價是因為即期品的緣故。中氣十足，眼神彷若有光，她是來當藥頭的，那是她旅行的意義。

把採購的藥物拿回飯店，她一路叨唸著剛剛的觀光巴士和淺草寺應該問有沒有敬老優惠才是，她今年滿六十五歲啦，搭高鐵都有特惠，沒有道理這邊沒有。只要有利可圖，倚老賣老也沒所謂。進房間，又說飯店這樣貴，哪裡都別去了，多躺一下午就多賺一下午的房錢。原本排定的行程都被打亂了，我說，機票錢住宿費都花了，幹嘛計較這點小錢？隨意抓了泳褲，甩門衝到游泳池，一半是負氣，一半也是讓自己喘一口氣。身體墜入池底，心想：小津和媽媽同住，應該不會因為一塊豆腐買貴了而吵架吧？

二十五公尺左去右回，游泳時岔出心神想《東京物語》裡老婆婆病逝，返鄉奔喪的大女兒講了大逆不道的話：「如果死掉的是爸爸就好了，媽媽還可以上來東京跟我同住，幫忙理髮店的生意。」父母都有偏愛的兒女，兒女也有最鍾愛的父母，假使今天一起出遊的是父親，小鐵工廠老闆和他的兒子出門，飲食住宿會更講究一些，但旅途中是否會相看無聊，更無話可說？更或者，我們根本連一起出門的契機也沒有。困在冷靜的池水裡，思考潛得更深入些，即黑暗的深淵，太危險了，只好憋一口真氣，乖乖上岸。

返回房間，她躺在床上滑手機，她說你回來了，我說嗯，回來了。我問要不要出去吃飯，她說好，兩個人又若無其事。她問旅館 Wi-Fi 帳號和密碼，說要上傳照片到臉書，我接過手機幫她設定。搭過的火車、吃過的拉麵、逛過的市集，照片一張一張地滑動，瞥見一件襯衫覺得眼熟，欸，這是我的襯衫和背影。我的背影在鎌倉大佛前、在小王子的花園裡，在新宿的街頭。我的步伐快得追公車，她的腳步慢如嬰兒車，旅行中兩人一前一後，她就這樣拍照留念。眼眶一陣濕熱，嘴裡兀自抱怨幹嘛亂拍，頭很扁很醜欸：「來啦，來啦，汝坐抵遐，我幫你翕五星級飯店。」

飯店大廳、上野動物園、銀座街頭、天空樹，一個又一個的景點前拍照上傳臉書，驕其鄰里親友，證明孤兒寡母也能有像樣的生活，這就是旅行的意義。最後一天，阿美橫丁、上野動物園閒晃——這個行程是安排來讓小孫女羨慕的。當晚搭最後一班巡遊巴士自飯店開往機場，膠囊旅館過一夜，隔天搭最早的班機回去，最後的行程是飯店旁東京都廳四十五樓展望廳看夜景，因為是免費的，所以她覺得很好玩。

自展望台眺望，玻璃大樓如山脈一樣地綿延，一棟棟綻放著輝煌的光芒，她把臉貼在玻璃上嘆：「親像眠夢同款，上週抵台南，今嘛就抵天頂看夜景。」我心頭一震，那又是類似《東京物語》的台詞，頓時間整個空間都要晃動，連玻璃杯都自禮品店的櫃子上跌碎了一地。這不對勁，我和她對看一眼，再看看眾人的神色，先是困惑，繼而驚恐，地震了。

人群小小聲地鼓譟著，空間響起廣播，聲音細細碎碎如鳥鳴，因為聽不懂內容，只聽得那聲音裡有慎重與恐懼。我連忙拉著她往樓梯逃生門的方向走，有工作人員擋著不讓走，彬彬有禮用英文說稍待片刻。所謂片刻指的是一個小時。所有的人在地上成列成列地坐著，井然有序，無人鼓譟，彷彿北鎌倉的無字墓碑。

我問她會驚否？她笑笑說啥物好驚的，席地玩起 Candy Crush。如果我們永遠地被困在這裡，這裡就是楢山了。

但旅行到底不是戲劇，一個小時之後，警報解除，工作人員放行，眾人魚貫地搭電梯離開，這裡到底不是楢山，「東京也看過了，熱海也去過了，我們該回家了。」搭乘開往機場的巴士，腦海中還是《東京物語》的台詞，夜宿膠囊旅館，隔日一早的飛機，我們也就離開小津安二郎的電影裡。

羽田機場最早一班飛機，因為和鐘點戰那次同一個航班，再度想起英文亂碼臉找單字測運勢的遊戲，瞥見隔壁乘客《中國時報》報紙蹦出漢字「報稅」和「端午節」，於是問她今年要包粽子嗎？羽田飛台北松山，出海關，領行李，捷運文湖線忠孝復興站轉板南線到台北車站，心想不要再被拍到很醜的背影了，所以我要與她並肩慢慢走，但一到車站馬上就破功了，買到了十分鐘後即將開車的車次，閘口押了證件，幫她拉著行李，兩個人三步併兩步衝到月台上，還得將一袋包裝完整的藥妝拆對分，幾乎是最後一分鐘推著她上車。

我站在月台上，見她找到了靠窗位置坐下，我向她揮手，她坐下來低頭滑手機，不知道是玩遊戲，還是傳 LINE，並沒有看見我。時間到了，在鈴聲的催促下，列車無聲而迅速地開走了。

文學森林 LF0153

不在場證明

Travel as an Alibi

作者
李桐豪
復旦大學新聞學院畢業。記者、紅十字會救生教練，經營老牌新聞台「對我說髒話」與同名臉書粉絲頁。OKAPI專欄「女作家愛情必勝兵法」、「瘋狂辦公室」作者。曾以《絲路分手旅行》獲二〇〇五開卷美好生活推薦，《非殺人小說》獲林榮三小說二獎，《養狗指南》獲林榮三小說首獎、九歌年度小說獎。

封面插畫　達姆
封面設計　詹修蘋
內頁排版　呂昀禾
責任編輯　陳柏昌
行銷企劃　楊若榆
版權負責　陳柏昌
副總編輯　梁心愉

初版一刷　二〇二二年一月三日
定價　新台幣三四〇元

＊本書除輯二〈樂園〉與輯三以外，其餘文章皆原載於《壹週刊》「天地任我行」專欄，經「台灣壹週刊」同意授權使用。

ThinKingDom 新經典文化
發行人　葉美瑤
出版　新經典圖文傳播有限公司
地址　10045臺北市中正區重慶南路一段五七號十一樓之四
電話　886-2-2331-1830　傳真　886-2-2331-1831
讀者服務信箱　thinkingdomtw@gmail.com
總經銷　高寶書版集團
地址　11493臺北市內湖區洲子街八八號三樓
電話　886-2-2799-2788　傳真　886-2-2799-0909
海外總經銷　時報文化出版企業股份有限公司
地址　桃園市龜山區萬壽路二段三五一號
電話　886-2-2306-6842　傳真　886-2-2304-9301

TRAVEL AS AN ALIBI by Tong Hao Lee

First published in Taiwan by Thinkingdom Media Group, Ltd.

Pinted in Taiwan

不在場證明 = Travel as an Alibi/李桐豪著. -- 初版. -- 臺北市：新經典圖文傳播有限公司, 2022.01
264面；14x20公分. -- (文學森林；LF0153)
ISBN 978-626-7061-05-3 (平裝)

863.55　　110020764